月光照亮了宇宙的生命，
也照亮了每一个沐浴在月光下
的人的内心。

唤我以月亮

[意]克里斯蒂亚诺·卡卡莫
——著

诗经
——译

Chiedimi la Luna

天地出版社
TIANDI PRESS

图书在版编目（CIP）数据

唤我以月亮 / (意) 克里斯蒂亚诺·卡卡莫著；诗
经译. — 成都：天地出版社, 2022.11
ISBN 978-7-5455-7128-8

Ⅰ.①唤… Ⅱ.①克… ②诗… Ⅲ.①长篇小说－意
大利－现代 Ⅳ.①I546.45

中国版本图书馆CIP数据核字(2022)第094114号

著作权登记号：图进字21-2022-154

©2020 HarperCollins Italia S.p.A,Milano
Published by arrangement with HarperCollins Italia S.p.A.
First published in 2020 in Italian under the title: Chiedimi la Luna
The simplified Chinese translation rights arranged through Rightol Media
(本书中文简体版权经由锐拓传媒取得Email:copyright@rightol.com)

HUAN WO YI YUELIANG

唤我以月亮

出品人	杨 政
作 者	[意]克里斯蒂亚诺·卡卡莫
译 者	诗 经
策划编辑	林秋萍 滕 婷
责任编辑	王笃竹
责任校对	曾孝莉
特邀编辑	薛 静
装帧设计	道系胖少年
责任印制	白 雪

出版发行	天地出版社
	（成都市锦江区三色路238号　邮政编码：610014）
	（北京市方庄芳群园3区3号　邮政编码：100078）
网 址	http://www.tiandiph.com
电子邮箱	tianditg@163.com
经 销	新华文轩出版传媒股份有限公司

印 刷	文畅阁印刷有限公司
版 次	2022年11月第1版
印 次	2022年11月第1次印刷
开 本	880mm×1230mm　1/32
印 张	6.75
字 数	81千字
定 价	48.00元
书 号	ISBN 978-7-5455-7128-8

致我的弟弟

以及我们对美好世界的共同期待

序言

【地球上】

在这个静谧的夜晚，天空中只有星星在闪烁着白色的光芒。除了星星，再没有其他东西在闪烁了。尽管你们肯定会否定我，说："不，这不可能，闪烁着白色光芒的东西还多着呢。"但在这个故事里，你们就相信我吧，天空就是这样的！

到处都是漆黑一片，就好像整个世界都关上了灯，不见一丝光亮。

月亮消失了。

每个人都伸着手四处探寻，仿佛想要拨开那层层黑色迷雾，去把那张挡住月亮光芒的面具揭开。

讨论这件事的人成千上万。有人说是月亮已经消逝了；有人认为是宇宙里发生了行星大碰撞；还有人大胆猜测说这是世界末日来临的征兆。大家的说法各异。还有人说这是灯具制作商制定的一项巧妙的营销策略，为的是趁机大肆冲一波销量；也有人认为这是上帝对人类的一次神圣的惩罚，这惩罚将会把人们带往新生；还有人侧着头，竖起耳朵向着天空，试图捕捉任何一点儿从那上面传下来的讯息。

"月亮熄灭了。"电视里的主持人语气警觉，但仍然呼吁大家保持冷静。纪录片正播放着过去那些有月光照临的夜晚的画面。那时候，那个巨大的

"圆石头"还是那么明亮，仿佛那耀眼的光芒会永恒地伴随着我们一般。

　　"你们再好好回忆一下，回想那些你们对着月亮发起爱情誓词的夜晚……"播报员继续以稳重而平缓的声音说道，他试图安抚听众，使大家都安静下来。

　　天空中那个巨大的"圆石头"不再拥有名字，也没有了形状，她不再有一丝光芒。

　　那个人们称之为"月亮"的美丽景观，也许再也不会出现了。

目 录

一轮新月

【月球上】

几天前，天空中的一切都被安排得井然有序、完美得当，仿佛每一个小小的空间都被谁用细小的银针勾画出来了。这儿有一片云雾，还有一股干燥的风。光粒就在月球表面的陨石坑外膨胀，蔓延。

月亮母亲保持着她千年来那皎洁无瑕的外表，看上去美极了。她以如此吸引人的方式，被毫发无损地钩在一个黑色的点上。她让人不禁想要去探究——她究竟悬挂在哪一个支架上？

她宛如一颗沉甸甸的珍珠，遗失在那没有边际的穹顶上、那片广阔无垠的虚空中。

要是我能把她展示给你们就好了。

夜幕降临，无垠的天空中几乎没有别的东西了。

艾贝克看着他爸爸，爸爸正准备着将月亮刷得洁白，然后将她点亮。同时，爸爸温柔又细致地照料着月亮——他没有一个手势是不准确的，以一种近乎狂热的方式铺撒着那些发光发亮的小珍珠，就好像他想在月亮上铺上一层糖霜似的。

把月亮点亮，这是一项世代传承的重要任务：他爸爸负责过这个任务，在他爸爸之前，他爸爸的爸爸负责过，而在他爸爸的爸爸之前，还有他爸爸的爸爸的爸爸。

好的，我打住！

爸爸在铺撒光粒的同时，还需要注意保持光粒之间的正确间距，这是一门极其精细的手艺——既要让光粒近乎粘连在一起，又不能让它们彼此分离。这项任务不容有一丝一毫的马虎，也不能有一点点儿笨拙的动作。

试着想象一下，有一样什么东西异常的整洁有序，整洁到让人想去把它打乱。这里，就是那种整洁无比的样子。

似乎总有一阵轻柔而绅士的风，随时准备着要重新把光的线条再梳理一遍。

艾贝克欣喜若狂地看着爸爸，面露崇拜。他的双眸像繁星一样，满是光芒，眼旁点缀着一圈小小的雀斑。他爸爸的爸爸有过这种目光，当然，还有他爸爸的爸爸的爸爸。

我又这样了……好吧，我立刻打住！

也许在往下讲之前，我应该先跟你们讲一件有趣的事情。艾贝克和他的爸爸在把月亮点亮以后，又开始玩起一个游戏：他们脱下右脚的靴子，数着有多少光粒溜进了靴子里——不那么仔细的人的靴子里肯定会有更多光粒，那么这个人就得唱一支歌、跳一支舞，他的声音要响亮到让附近的行星都能够听到。这是一场观众规模盛大的表演，那些行星仿佛都凑了过来，只为能听到这歌声。

在那月亮上

有一头驴，

它不知道它处于另一个世界，

现在它抬头仰望着，

但你却看不到它，

所有那些存在的

都有其意义和原因。

好吧，现在让我们回到我们的故事里。

对艾贝克来说，在这浩瀚的宇宙中，仿佛只需一把他爸爸的大刷子就足以让月亮永恒地保持生机。

你们不要以为他们有哪些别人不知道的特殊工具可以使用，或是他们知道哪些神奇的方法可以把月亮点亮。他们有的只是一把大刷子和一双靴子，这些就是全部了。

艾贝克的爷爷曾告诉艾贝克，月亮是如何成为苦痛和光芒的摇篮的，还说到为什么任何需要梦想的人都会渴望寻觅月亮，希冀月亮可以倾听他们的故事，给他们以慰藉，让他们能够由此喘一口气、歇一会儿，或是希冀月亮能够让他们屏住呼吸——这样他们又能够重新感受到自己的心正敲击着自己的胸膛。爷爷跟他解释说，月亮既能够影响所有生物的情绪，也能够干扰潮汐，干扰植物的生长，月亮还有一张专门用来表达美好爱意的秘密卡片。

　　爷爷还说，如果天空中的某一隅呈现着一个完美的几何形状，那都是他们的功劳。

　　因为这正是我们常常做的：我们将我们的愿望、我们的责任，寄托在一个非常遥远的事物上。

　　不过我还得告诉你们一件事情。当你们带着坏心情醒来，对身边之人态度恶劣时，不要觉得这是

理所当然的。换言之，月亮也不愿背这一口从天而
降的"锅"。

　　艾贝克站得笔直，目光由空中沉落下去，看起
来心不在焉的。

　　他问爷爷："爷爷，你能告诉我那个是什么
吗？"

　　"那颗蓝色的星球吗？它满载着一颗摇晃不定
且忧郁的心，你离它远点。"

　　有一瞬间艾贝克被吓到了，他转向正为新月的
诞生做准备的爸爸，爸爸对他笑了笑。他又转过头
来望着蓝色星球。他虽然有些害怕，但还是被那个
遥远的星球深深吸引住了。

　　在那一片蓝色中，他仿佛看到有什么东西正在
不停闪烁着。

月亮的斑点

【地球上】

有一个黑头发的女孩正站在她家中唯一的窗户前，擦拭着她的钻石戒指。她极其投入，用一块小布细心摩挲着戒指上的钻石。这枚戒指十分耀眼，远远望去，好似女孩自己正散发着光芒。

在村子里，所有人都认识这个女孩。她叫阿达拉，她的美丽就如那蓝色穹顶上的星星一样闪耀夺目。她身材纤瘦，形如一缕青青稻草。她在一家 24 小时营业的超市工作了好几年。每当太阳落下的时候，就是阿达拉开始她的工作的时候——她在这个超市上的是夜班。现在，超市已经变成了她的栖息港——她的爸爸和妈妈都已经不在世上了。她和她的狗狗比格一起住在距离超市几百米远的地方。

不管对谁，阿达拉的言行举止总是礼貌而温柔，就像一个小仙女一样。

翻转的阴影

【月球上】

艾贝克不知道应该如何操控那条缓慢流动的光流，也不知道要怎么做才能避免太多细小的光粒滞留在月表的缝隙中。

这有点儿像我们制作提拉米苏的过程，其中有一个步骤就需要我们将可可粉均匀地撒在蛋糕上——如果撒得太多，可可粉就会结成小块儿；如果撒得太少，那撒了几乎等于没撒。撒可可粉时，我们应该要像下一场毛毛细雨一般去撒一场可可粉雨，使每一颗粉粒都轻轻落在提拉米苏上，同时在整体上也要保持粉粒的分布均匀，好让每一处都完美得当。

然而任何细碎的光粒都逃不过艾贝克爸爸的眼睛：他总是可以用他那把大刷子让那些最奇怪的光流旋涡避开月表的每一个缝隙，而把它们引到它们该去的地方。艾贝克看着他爸爸那行云流水、如同奏响乐章的动作着了迷。此时此刻，他爸爸就像一位站在布满星光的露天舞台上进行演出的青年，整个人都被喜悦充盈着。

一直以来，艾贝克总是喜欢模仿他爸爸在月亮上工作时的姿势，并且试图去复刻他的每一个动作，甚至连双臂到胸膛的距离他都要精确地同步，还有手臂压在大刷子上的角度也如出一辙。柔和的月光倾泻而下，如同一盏巨大的舞台照明灯，而艾贝克和他爸爸就像是两位舞蹈家。他们还会呼唤遥远的风，特别是所有的大风，来帮助他们起舞。

月亮有着无垠的轮廓，以及可以照亮整个世界的皎洁光芒。

艾贝克的爸爸知道如何保持手臂挥动的节奏，以及在扫动多少次刷子后收手，因此他能够在光粒的重量和月亮表面最小的缝隙之间保持最佳的平衡，好让光粒刚好填满这些缝隙。他还知道如何避免让整个宇宙一片漆黑。

总而言之，他知道如何在提拉米苏上完美地撒上可可粉。

艾贝克抬头惊奇地望着爸爸，在他眼中，爸爸就好像是这个浩瀚宇宙的主人一般。

"要保持宇宙中的秩序需要持之以恒的努力，不能有一丝一毫的疏忽。我所做的也就是遵照规则来进行我的工作，避免让一些阴影降落在它不该存在的地方，除此之外，再没别的。而且我的速度还必须得快，因为在某个地方存在着一个关于宇宙演变的不同概念——那里的人们称之为'时间'，而我需要在一定的时间内完成点亮月亮的任务。

"时间一点一滴地流逝，我们沐浴在月光下，蜗居于被月光拥抱着的某一隅，存在于浩荡宇宙中的月亮星球里，我们有义务让人们寄托在月亮身上的希望得以延续。我们是天使意象的外化，也许还是那遥远的停止了痛苦的灵魂的映现。

"艾贝克，我们因能使人们产生喜悦而显独特，因能使纯真成为可触之物而显珍贵。我们是上帝选择的守护者。"

艾贝克朝着更高处望去，在那无尽的天空中，群星璀璨，熠熠发光——就如同天空中镶满了小而精美的宝石，又或是点缀着一双双闪烁着的美丽的眼睛。他试图去倾听那天空之中，是否真的有来自宇宙的呼唤，是否他爸爸说的那番话别有含义，是否在那看不见的事物中正隐藏着某些奥秘。

我们之中还有谁从没有这样做过？谁不曾久久地凝望天空，期冀天空能够给我们一个答案呢？

艾贝克低声对星星们说着话，小心翼翼地询问，是否它们也有某一处地方是留给那些不安的灵魂的庇护所。那些灵魂一直滞留在远方无法回家，因为他们还有着尚未弥补的过错。他还问星星们，它们是不是保护神，它们是否也有一块神奇抹布来擦拭那些被称之为"遗憾"与"悔恨"

的尘埃。

艾贝克的心中疑问万千，他渴望解开这些困惑，释放心中那个茫然无措的自己。

他看着爸爸，眼神就如同一只迷途的羔羊，这只小羔羊现在希望得到帮助来解答心中的疑惑。

如果没有那双勤劳地挥动着大刷子的手臂，一切都会变得呆滞、缺乏生机，更别说月亮的表面原本就是深褐色且粗糙的。爸爸的这项工作是一项非常了不起的工作，他把月亮所有的阴影部分都翻转过去，只让光亮的那一面显现。

艾贝克把它看作是美好祝福的开头。他唯一能做的便是对着那个充满痛苦的世界大声呼喊。这一声呐喊，如同一道闪电，将善与恶完全割裂。

"艾贝克，记住一句话——'幸福'是由一种比'痛苦'更纤薄的材质构成的。"

天空破开了一个洞

【月球上】

　　艾贝克爸爸的话透露出些许严肃。最近他的脚步变得沉重起来了，步调单一，每走一步都相当费劲，似乎已经用尽了他所有的力气。但每当他说话时，又仿佛他对世界万物了然于心，如同一个世外高人。

　　"艾贝克，我知道所有星星的名字、起源，以及它们究竟还储备着多少颗光粒。在这片天空中，一切都在不断地增长，而且有时候好似所有的东西都在蠢蠢欲动，似乎随时准备着要把天空变成一片难以控制的混沌之境。

　　"你以后会看到，在天空中，突然就会有几颗星星或几个小点亮起它们的光芒，到那时你就会发现，天空正在一点一点地裂开，破出几个洞来，那就是某个新事物生长的时刻。而这时你应该怀揣着喜悦去迎接这些新事物的到来，因为这意味着上帝在某个地方，悄悄地让一个新生命诞生在了这个世界上。

　　"从我开始在这里打理月亮起，一直到现在，太多太多的光亮照射进我的眼睛，如今我的双眼正逐渐失去光芒，眼前的一切也渐渐变得模糊起来，不久以后，我将不再能从一片星象中分辨出各个行星，不再有能力挑拣出那些黯淡无光的光粒。

　　"除此之外，对于这片无尽之空中闪烁着光芒的一切，我将变得一无所知。

　　"我将只能仅凭我的直觉，在这里行动、生活。对于应该在什么时候让星光落下，又在什么时候让月亮重新绽放光芒，我也将完全失去判断力。

　　"但点亮月亮时必须极其细致、精确，不仅如此，对于月亮那逐级分层的阴影部分的变化，我们必须有准确的了解，因为'月相'总是处于一种持续不断的变化之中。同时，月亮表面上光芒与阴影的调和必须融洽得当，这样才能使不同'月相'下黑暗与光亮的分布浑然天成——这一点是我们这份工作的重中之重。

　　"在这里，所有的一切都被寂静包裹着，只有我们在这寒凉之地作为能够活动的生命而存在——我和你的姿势和行动总是如出一辙，在这四周，没有任何事物可以干扰我们，让我们分心，或者阻挡我们的脚步。

"这里的一切似乎都很被动，在每日重复的工作中，我们也很难能感受到快乐的气息。没有任何一个人可以对我们说上一句理解与支持的话语，更别说能有人给我们带来一丝慰藉或鼓励了。

"我现在越来越频繁地低头观察这月球的表面，以防忽视掉很多细节而对我的工作失去掌控。

"我早已习惯待在这样寂静的环境里，但我也从中收获了某些益处。因为在这浩瀚无垠、万籁俱寂的世界，我可以尽情发挥我的想象力，让它在这片无边无际的空间里自由翱翔。我可以构想各种各样新鲜而奇怪的事物，然后试想它们是真实存在的，并且它们就在我眼前行动。我通过幻想构造出了另一个平行的世界，这个世界就在这片宇宙中，而我假装自己就住在那里。

"艾贝克，我极力发挥我所有的想象力，就为了不磨灭继续留在这里生活与工作的意愿。但是要

我们之中还有谁从没有这样做过？

　　谁不曾久久地凝望天空，希冀天空

能够给我们一个答案呢？

拥有这种决心与力量并不容易——我们需要对自己的行动抱有非常坚定的信心。成为天空的点灯人意味着要接受并拥抱一种非常复杂的艺术，因为同月亮一起灌溉那个小小的蓝色星球上面的希望与梦想的，正是我们这些点灯人。

"那颗蓝色星球上的人们每天都在准时地等待着我们，等待月亮挂上天际。

"对他们来说，我们的工作就是掌控时间的流逝，每一次月亮升起，就代表这一天即将离我们而去。他们将他们度过的时光与我们联系在一起。

"我的孩子，你理解了吗？要表达清楚我们在这里的工作与责任真不是一件易事。"

艾贝克非常用心地听着爸爸说的话，但他不明白为什么在那个时候爸爸要对他说那一番话。那次谈话的内容对年纪尚小的艾贝克来说是难以理解的，他不明白在最后的时刻，爸爸究竟想要表达些什么。

"孩子，不要这样看着我。来，把你的双手给我，放在我的手上。看到了吗？你可以靠你的双手容纳和击退任何事物。我们的世界就像一个循环流动的圆圈，它是不断变化着的；这其中有一些东西是我们不能够控制的，我们仅仅能够感受到它们。比如生命、爱，这些都属于存在的一部分，我们只能感受，而无法控制。不朽的生命只存在于天使之中。"

艾贝克坐下了。

月亮被包围在滂沱的暴风雨中，看起来好像会有什么无法预知的新事物从天上降落。也许会是一颗星星的碎片。

"我总是身手轻巧地完成所有事情，以为自己是不会疲惫的，就像我也有月亮那样永恒的明亮和皎洁的特性一样；我从来没有表现出一丝疲惫，也极力地保持着我双臂的有力与灵活——在我工作时，我拨动的不仅仅是那些闪烁的光粒，甚至还可能是整个行星的命运。

"艾贝克，我时常眺望这片纯净又透明的天空，企图看到它的更远处，但我找不到它的尽头，它是没有边际的。我四处寻找着宇宙中美好的事物，终于发现原来我们就身处于一个完美无缺的体系之中。

"在我们周围，又或者在其他地方，没有任何一个事物是偶然存在着的。所有的一切都是尽善尽美的。

"你明白为什么我们的这项工作是无比重要的了吗？

"我不能让我的工作出现一丝纰漏，杜绝任何会破坏这个完美星球的完整性的存在，你知道这是为什么吗？

"我已经筋疲力尽，无法再跟你一同向前走了，但我们不能放下这个传承至今的重要任务。让我保留一丝力气，留下最后一丝清醒，安宁地离开吧。你要好好接任我的岗位，这就是我们的遗产，就像那时我父亲将它传给我一样，现在我将它传给你了。我把这个任务交给你，希望你要像我信任你、以你为傲那样去认真对待这份工作。我确信你能学会如何避免让月亮的光芒变得贫瘠黯淡，也相信在你的守护下，月亮将变得比以往更加熠熠生辉。你的那份珍贵的好奇心也将会带领着你去探索与创造其他更美好的事物。

　　"艾贝克，当你在将来的某一天觉得失落沮丧、认为你没办法渡过某些难关的时候，你就望向天空，在那里隐藏着关于我们存在的起源的秘密，你将会从中找到坚定的信念。

　　"艾贝克，你需尽心尽力地对待这个任务，

要让天空永远铭记我们身处的这个小小的行星，要把月亮的光芒一直延续下去。我的爱会永远陪伴着你。"

艾贝克凝视着爸爸，没有说一句话，他深情地望着爸爸的双眼，他本想告诉爸爸，他有多么爱他，告诉他，一直以来，爸爸都是他心中的天使，是他的保护神。

"爸爸，你把靴子脱下来。"

"别闹，孩子。"爸爸脸上泛出淡淡的微笑对他说。

"你脱掉呀。"

"嗯，好吧。"爸爸脱下靴子，开始数靴子里面藏着的光粒。

"你看吧，只有五颗而已。"爸爸不以为意地对艾贝克说。

艾贝克也脱下了靴子。

"不好意思啊，爸爸，你输了，哈哈！唱歌吧！"

"什么？！"爸爸露出不可思议的表情，完全没想到自己竟然会输给儿子。

"你得唱一首歌啦。"艾贝克骄傲地笑着说，"我的靴子里只有四颗光粒。现在你唱歌吧！"

爸爸在这种游戏上从来没有输过，他感到些许尴尬。不一会儿，他清清嗓子，准备好接受"惩罚"，对着整个宇宙高唱一首曲子。

他站在那上面，在那月亮的最中央，以他"新的歌手"身份歌唱道：

在那月亮上

有一头驴，

它不知道它处于另一个世界，

现在它抬头仰望着，

但你却看不到它，

所有那些存在的

都有其意义和原因。

一个小孩子

【月球上】

再也没有任何一个人会对他说："你明白了吗？你是我们之中最棒的那个人，你是未来的创造者，你是我们家族中每一位父亲的意志的传承者与保卫者。"

但艾贝克还是没有理解爸爸的话，他只知道，他现在还只是一个小孩子。

当我们自以为可以失去某个人的时候，当我们出于那奇怪的傲慢，天真地以为有能力摆弄现实的时候，当我们以为我们可以随意掌控生活中发生的事情的时候，我们应该停下手中的事务，静下心来好好思考思考。然后我们会认清，人到底可以感受到何种程度的孤寂。

我们应该用心对待我们身边每一个爱我们的人，而绝不应该对给予我们支持和保护的人心生埋怨。

一个最隐秘的原因

【地球上】

阿达拉早已经学会了独自生活。

她走到家中的窗台前，窗台上一个小花瓶里正挺立着一枝百合花，她轻轻地把它摘下。花朵昨晚刚刚绽放，散发着清香淡雅的气味。她常常把花放在香水旁边，并且时不时用关切的眼神与温柔的言语去呵护小花。对于阿达拉来说，百合花就是春天的象征。

她的公寓在第六层，公寓里只有一扇窗户，除此之外没有其他地方可以让光照射进来了。她家中的布置没有一处不是流畅连贯、相得益彰的。房间里整洁有序，每一件家具都各得其所。整个房间透露着岁月静好的气息，好像房子的主人担心任何一丝凌乱的存在都会搅乱她的生活。房间里的每一个物品都被精心摆放着，不同物件之间都有一个精当的距离。

房间里的每一样物件都有其存在于那里的意义，都映现着阿达拉细致温柔的内心。

她曾与生活进行过一场生死较量。在她爸爸妈妈不幸遭遇了一场飞来横祸以后，阿达拉的生活就陷入了无尽的悲痛中。

那是一次寻常的散步，爸爸妈妈正走在道路旁，两人肩并肩地往家的方向走着。突然，一辆车像是失去了控制一般冲向路旁，而爸爸妈妈没有躲过这一场厄运，他们被直直地撞向一面墙……在仅仅离家几公里远的地方，爸爸妈妈却再也无法回到家中。

这场意外给阿达拉带来了难以治愈的伤痛。从那一天起，阿达拉变得更加敏感、脆弱，她把自己封锁于名为"痛苦"的牢笼中，而她身体本来情况不明朗的病情更因此恶化了许多，许多白斑在她的皮肤上延展开来。皮肤上的每一处白斑都似乎是这个小女孩心中悲痛的外化，就好像她的身体在以这种方式来表达她的切肤之痛、伤痕之深。

对阿达拉来说，这些皮肤上的印记犹如雪上加霜，她知道这些白斑会一直伴随她了。她把它们遮挡在衣服下面，仿佛这样就可以掩饰所有那些无法治愈的苦痛、那些心灵的创伤。

这是她的秘密。每天早上她都把自己露在外

面的皮肤用一层颜色鲜艳惹眼的化妆品精心遮盖。人们都认为她的装扮有些怪异，过于浮夸。就连她在超市的同事们，也不知道这个秘密。她从未与别人说起她的过去。她的工作中充斥着收银机键盘抑扬顿挫的敲打声，还有顾客和行人来来往往的嘈杂声，但阿达拉却好像总是独自沉浸在她繁杂的思绪中。

回到家中时，狗狗比格总是在沙发上等她，坐姿活脱脱是一个"小皇帝"。

浩瀚无垠之空

【月球上】

在艾贝克眼中，月亮好像变了一个模样，换上了一套新的衣装。对于刚刚上任的艾贝克来说，这月亮就好像是刚从保护壳中取出来似的，一切都散发着新鲜而陌生的气息。连夜空的景色也好像发生了变化，有不计其数的星星点点挂在天际。面对着眼前这陌生的景色，艾贝克感到脚下一阵摇晃，他的头开始眩晕起来。好像他是一个突然闯入某个新世界的异乡人，与身边的一切都格格不入。

这一片浩瀚无垠之空，似乎并不受任何框架约束，而是随心所欲地在这无垠中延展着。对艾贝克来说，这广阔的空间却仿佛是一片荒芜之地，空阔得令他难以置信，浩大得让他怯于管理。他伫立于这浩瀚的空间中，对自己需要完成的任务感到忧心忡忡，甚至为此头疼，全然不知从何下手。

艾贝克打算向天空中的灵魂寻求帮助——对他来说，月亮的表面实在是过于广阔，仅凭他的一己之力根本没办法照料，爸爸留给他的信息又太有限，对于应该如何顺利地进行他的工作，艾贝克还是一头雾水。

可怜的小艾贝克。

他只知道点亮这片无垠之空是宇宙间最古老的任务之一。而他的家族就是被上帝委派过来执行这项任务的。这是一项自然而纯粹的工作，也是上帝对宇宙安排的神圣计划之一。点亮月亮这一份工作已经成了艾贝克家族里世代相传的使命，艾贝克清楚地知道，现在他已经成为这一神圣使命的肩负者。

风从四面八方裹挟而来，从艾贝克身上一掠而过。他感到一阵战栗，不禁想到自己可能是碰到宇宙间最神秘莫测、最令人毛骨悚然的生物了。他感觉自己正一丝不挂地站在凛冽寒风中，身上每一丝坚定的力量都被风席卷而去，毫无自我防卫之力。

他害怕极了，不断地四处张望着。

他突然察觉到，这一轮皓月的完整形态，只消再过一天，就会被彻底搅乱、破坏。爸爸还在身旁时，他精心打理出的那种美满祥和的景象再也不会重现了。

艾贝克的心怦怦地乱跳，好像随时要蹦出他

的胸膛。

　　他不知道如何让自己的心情平缓下来，不知道如何让悬在心中的那颗沉重的石头安然落地。在这月亮上，艾贝克的目光所及之处皆显现出一副怪异的苍白之态，了无生机；没有任何东西是处于动态中的，就连一颗流星也不曾路过这片死寂的空间。

　　这片荒原里，仅有的只是在空气中蔓延的湿冷气息，艾贝克感觉到这股冰凉的冷气在他的四周上下游动——恐惧逐渐以不可阻挡之势将他包围、裹挟。

　　也许在父亲决定将"点灯人"这个重要岗位交付于他时，他就应该直接驳回的。说到底艾贝克还是太年幼了，对于一个如此繁杂且重要的任务，他实在难以胜任。

　　他对月亮表面的地形感到茫然。那些大大小小、紧密分布着的陨石坑都静默地等候在那里，艾贝克试过一个一个地对那些陨石坑恭敬谦虚地询问，却没有得到一句回答。这些都让艾贝克产生了极大的挫败感，他灰心极了。

"我根本不知道从何下手，我没办法做到的，我永远也做不到。"艾贝克低垂着气馁的头，坐在陨石坑边上难过地喃喃自语，好像是在无助地哭泣，又仿佛是在无力地抱怨着。

他被囚困在这曾经对他来说是宇宙间最美好的居所中，而如今这一切都变得萧瑟和残败起来。他感觉宇宙中的每一处都被遮上了一层帷幕，让原本明亮耀眼的宇宙变得朦朦胧胧。而原本照亮宇宙的月亮在整个空间中也变得黯淡了许多。在艾贝克眼中，原本无垠广阔的天空也变得狭窄而寒冷了，空中还紧密交织着昏暗的光线。仿佛有什么不明生物打破了往日的宁静。

艾贝克感到很害怕，他觉得有某些未知的可怕生物正在逐渐成形，而他还没有做好接受它的到来的准备。

　　他感觉自己好像不小心闯入了某些奇怪生物的舞蹈派对，各种奇形怪状的生物将他包围着，试图对他进行某些不轨的举动。

　　"走开，我求求你们走开点！"

　　他又担心星星们会突然熄灭它们的光芒。

　　这样一来整个宇宙都将陷入彻底的漆黑，他也会因此迷失在这一片虚空之中。

　　他的双腿突然瘫软，整个人无力地向下倒去。艾贝克用双臂紧紧地护住头，好像要阻止头飞向别处一样。

　　他思考着，他应该保持怎样的一种细心与警惕才能不让这里的任何东西失去往日的光彩，才能使他现在守护着的月亮不会永远被遗忘在这浩瀚的宇宙中。

他决定立马行动起来，说做就做，化恐惧为力量，消胆怯为云烟。他要不断地给自己打气。

　　他给自己定了一个目标，不让月亮丢失她一丝一毫的光亮，他要用行动证明，他会成为爸爸心中最引以为傲的孩子。

　　艾贝克睁开双眼，重新站立起来，内心远远抛开了先前将他紧紧压制的一切困难与恐惧，冲破了内心缺乏自信与力量的桎梏。

　　现在，他充满了斗志。

月表的地图

【月球上】

知道月球表面有多少个陨石坑以及它们的分布情况是极其重要的。洁净的光是源自哪个地方？每一轮月相变化的周期中需要多少的光粒来进行配合？用什么样的手势才能将光粒均匀地播撒在月亮上？这些问题都等待着艾贝克去一一寻找答案。

不再被恐慌遮住双眼，艾贝克瞬间豁然开朗起来，他感到一身轻松，浑身充满了力量，他开心得想要飞起来。

那不可胜数的行星与恒星们都一定会再次回到这里来的。

月亮看起来非常干燥，她的外表似乎被覆盖上了一层灰暗的物质。

艾贝克第一次给月球表面播撒光粒的时候，应该是误用了灰尘和石砾，因此月亮才会变得灰扑扑的。是这些不含任何光亮的物质遮盖住了月亮的光芒。

现在太空中呈现出一片宁静、和谐，就好像行星们正陷入沉睡中，也仿佛是宇宙间所有存在着的事物都在这片静默中进行祷告。艾贝克连呼吸都变得小心翼翼起来，他想保持住这份宁静，以免扰乱其他行星的心跳频率。

艾贝克开始数起陨石坑的数量，并计算着每个陨石坑需要多少颗光粒。他拿出细线来，沿着月亮的阴影与光亮的凸出部分仔细地勾勒出轮廓，之后他只需要再用光粒一点儿一点儿地将轮廓里的空间全部填满就可以了。他小心翼翼地勾勒着月亮的轮廓，不容许自己有一丝一毫的误差。月亮的每一处凸起或者凹陷有了具体的边界，每一处弯曲都与细线紧密贴合，从远处看，月亮就好像被套在了缰绳中。

　　艾贝克的工作正持续进行着，顺利得超乎想象。他现在对自己胸有成竹，确信自己可以给黯淡的月亮重新带来那充满希望的光芒。

　　他假装将所有的行星与恒星一个一个地揣进口袋，他举起双手，想象他可以用双手撑起整个宇宙。他还想象到整个宇宙聚集在一起，被他收纳于掌心，而他就像一个宇航员，或是一个小天使。

成群的光

远远望去，有一团小火苗在陨石坑里晃动。

月球表面的陨石坑正逐渐被光粒填充至其轮廓边沿，光粒在其中像一团小小的火焰一样聚集起来。艾贝克嗅到一丝甜蜜幸福的气息，一会儿后，那团小火苗会把火焰的种子播撒在月亮上的各个角落。

"大刷子和靴子！它们到哪儿去了呢？它们应

该就在这附近某个地方的。"

找不到这两件重要的工具，艾贝克感觉自己又陷入了僵局。

突然，第一个陨石坑里传来了一丝奇怪的声响，几乎像是在呼唤着什么。紧接着附近其他的陨石坑都响应起这声召唤，也纷纷投送出同样的声音，大大小小的坑中开始此起彼伏地相互接应起来，就好像一支乐团在共同鸣奏着一曲旋律。不一会儿，许多银白色的小颗粒从陨石坑里被释放出来，悬挂在月球表面。这是宇宙中月亮重新诞生的神奇的一幕：艾贝克照料的这个神秘的宝物将把她的光芒播撒于整个宇宙，而原本荒芜的月表将会重新聚满美妙的光芒。

艾贝克得加快自己的进度，才能将这些自由生长的正在溢出边界的光芒束以秩序。

"找到了！"原来大刷子和靴子都靠在一个小

沙堆旁。

一切准备就绪。

艾贝克朝着前方奔去，他要阻止那蔓延的光粒越过上弦月的界限。

艾贝克简直无法抑制住心中的喜悦，他感觉自己开心得快要飞起来了，像是喝醉了一样。

终于，他真正成为神圣的月亮守护者的一分子了。这个永恒的播撒光芒的任务，这个对于宇宙的完整性来说不可或缺的任务，终于也有了艾贝克的一份功劳。

他弯下身子，像是在对每一颗光粒说话。他跟它们解释说，它们的存在对于将月亮的光芒保持至第二天清晨是那么重要，它们的光芒使得银河系中不可计数的生物得以勾画梦想的轮廓。

艾贝克确信，那些光粒都在认真倾听着他说

话，并且还给了他回应。他满脸笑容，感受到一种惊喜般的幸福。他笑着，跑着，跳着，大声地对宇宙呐喊着："我非常顺利地完成了一次爸爸交给我的任务！"他大声地笑着，那笑声就好像是一曲全新的乐章被奏响了，悦耳悠扬。

"我的月亮，你今天看起来真的美极了！"他继续喜悦地欢呼着，"还有你们也是，所有你们这些明亮的小光粒！我怎么能不夸赞你们呢？你们这些跃动着的、闪闪发亮的小光粒，都是眼前这个美好场景的见证者。不仅如此，你们也是这浩瀚宇宙的守护者。现在我给你们介绍介绍我们的同伴：星星！你们可要像我一样好好爱护他们呀！"随后他转向光粒，低声说，"但你们才是最可爱、最闪亮的，不过这些我是不会告诉星星们的。"

"我的任务完成得多么完美啊，这成果多么令人陶醉呀。"他如同沉醉般不断地嘟囔着，直到他倒在地上，躺在千千万万个明亮的小点中。他凝视着这片广袤无垠的天空，止不住心底蔓延出的喜悦，笑声如流水般源源不断地在空中飘荡。

他的举动大概像一个疯子。但我想知道，当你们也有点亮月亮的能力时，你们会有怎么样的反应呢？

揭开帷幕的月亮

【月球上】

那个晚上，月亮像是被裹上了一层银白色的光芒——月亮的上弦月部分显得饱满盈润。就她的外观而言，她是极其令人瞩目的。就好像从古至今月亮从没有展现过如此令人瞩目的光亮，以至于见到她的人都想把她据为己有，好能永不遗失这美丽的光辉。

月亮揭下了她朦胧的面纱，展现出她圣洁的全貌，使人不自觉地对她心生爱怜。如今月亮已经变成了光芒的继承者、宇宙的掌上明珠。

　　为了能够看到这轮皓月，艾贝克也跑到轨道上去，想要一览这无与伦比的风光。

弯曲的针

　　弯月两端的梢头变成了两个明亮的光点，就像是夜空的正中央悬挂着两个烛台，它们正闪烁着星星点点的火焰。没有任何一颗行星比此时的月亮更耀眼。她的光芒随着时间的推移日益增强，黑暗被推向了另一个宇宙。现在，艾贝克很确信月亮是能够庇护万物的。在他的脑海中，月亮就像是一根弯曲了的银色别针。他一边这样想着，一边睁大眼睛四处探望、观察着整个宇宙。月亮的光影朦朦胧胧的，但她的光芒却盖过了夜空中最大的那颗星星，她的光芒照亮了这个行星上每一个隐秘的角落。艾贝克确信，月亮将会越来越明亮，展现出超乎想象的神采。

艾贝克感到非常自豪，那原本平平无奇、黯淡粗糙的月球表壳，现在好像是被人用手工精心缝制过了一样；他记住了每一个陨石坑的具体形状——他把它们视作一块块需要精心缝制的布面，而那些闪亮的小光粒则是用来点缀它们的装饰品。

月亮的外表看起来真的美丽得无与伦比，艾贝克运用他灵巧的双手，使她看起来像是披上了专属于节日的盛装一样，在柔光的环绕下显得优雅而华丽。他一想到月亮又变回了宇宙的掌上明珠，就浑身洋溢着骄傲与幸福。

"现在，所有的生物又能满怀希望与梦想地仰望这轮弯月，胸中满载着美好的愿望，悲伤与眼泪将无处安身；月光照亮了宇宙的生命，也照亮了每一个沐浴在月光下的人的内心。

"月亮啊，我的月亮，她将会如太阳一般，散发出那样炽热的温暖，她的能量甚至会超过太阳。要是爸爸可以看到现在的月亮，他一定会为我感到欣慰。想当初我看到月亮的光芒一天天地变得微弱、黯淡，我还认为月亮是得了某种病；看到天空顶上开始出现某些裂痕，我以为月亮也即将出现裂缝。但那一段时间后，我就找到了让月亮重新发出光芒的方法。多好，多美呀！你们都来看看我的月亮是多么光彩照人，我甚至想去拥抱她、亲吻她。现在的她浑身散发着健康与活力的气息，就像一位正处于新婚宴尔中的新娘，容光焕发，一点儿也不知害羞地向四周的一切展示她幸福的光芒，传播她欢乐的气息。当月亮再变化一些时日，她的美丽将

因为这正是我们常常做的：我们

将我们的愿望、我们的责任，寄托在

一个非常遥远的事物上。

变得更加绚丽夺目。现在她已经准备好迎接宇宙间那些纯真、正直的灵魂，她将会像一个珠宝盒一样，来容纳那些美好灵魂的珍贵品质。你们看哪！"艾贝克兴奋地说着，仿佛旁边正站着某些人在静静地倾听他说话。"你们看，月亮她多美啊！"他又激昂地朝着天空大喊，好像要把他心中对月亮的喜爱传达到天空尽头。

美好事物的守护者

【地球上】

　　"我的阿达拉，看看你是多么的美呀。你就是那温柔美好之物的守护者，你的灵魂纯净而珍贵。我知道，你生来注定是要与一些不平凡的事物相遇的。但你现在还太小了，理解不了我说的这些话。但是等你长大，慢慢地你会体会到害怕的感觉，你会明白什么是'痛苦'。但你必须持之以恒地与它进行斗争——有时痛苦会让你无法承受，它像是拥有钢铁一般坚硬的臂膀，将你死死地掣住。为了能够把你禁锢在这痛苦中，它甚至会使你遗失活下去的意志力。痛苦这种东西是不惧怕时间的，为了能够拥有你，它会迷惑你，也会欺骗你。有时它会打着善意的幌子，骗取你的信任，因为它想要存在就必须汲取你们这些美好灵魂的能量。但我知道你终会渡过一切难关，击败所有苦痛。你会不断地与痛苦抗衡，直到它对你来说变得无关紧要。我和你爸爸为你取了这个得到上帝眷顾的名字，是因为你不仅仅属于人间世界的一部分，你还是一位使者，连接着我们认知的这个世界与这个世界之外的未知时空。"阿达拉的妈妈语重心长地对她的孩子说着。她在说这些话时，总是那么审慎，甚至是庄重。

"现在对我们的小阿达拉说这些，会不会为时过早了？"爸爸对妈妈说道，他的手上架着老式的摄像机，记录下了眼前的这一幕。

这时候的小阿达拉还不到一岁，对她来说，要理解妈妈这番意味深长的话，简直是天方夜谭。

"你小声点。"妈妈笑着对爸爸说，"你刚刚说话那么大声，会吓到我们女儿的。"

"你不记得了吗？当年我就是靠着这副嗓音吸引了你的注意，那时你是多么喜欢我的声音呀！哎，你知道，我可从没有听过如此温柔的声音。"阿达拉的爸爸说着说着，便将嗓音压低，温柔地继续对妈妈说。

"是啊，我当然记得了。我记得清清楚楚，当时你还吐东西在我的裙子上了呢。"

"天哪，这就是你脑海中唯一记得的我们初识的画面吗？可惜那时候我身体真的不太舒服，更何况还太过激动。我每次一激动起来就会想呕吐。唉，抱歉，这确实有点令人反感。"

"好吧，不过我还记得你当时那匆忙慌张的样子。当时你旁边正坐着一位老先生，你却一把抓过他桌上的餐巾，手忙脚乱地擦拭我的裙子。但你确实擦得很认真，也很仔细。你还不断地跟我道歉，对我说不好意思，你不是故意的。你还说要送我一条新的裙子作为补偿……不过说到那条新裙子，我到现在还在等你送给我呢。"暮妮拉笑着打趣她的丈夫。

"唉，难道我永远也不能把这段令人尴尬的回忆从你脑中清除吗？"阿达拉的爸爸宠溺又略带无奈地对妻子说道，同时轻轻地吻了她一下。

如今阿达拉已经成年了，她坐在椅子上看完了这段录像，影像中的一切都唤起了她幼时的关于家的记忆。她用双手抱紧自己，整个人蜷缩着，眼眶中噙满了泪水，泪珠不断闪烁着，像是凝结在一湾清泉中的水晶。

坠入爱河的人

【月球上】

你们可能会以为这一章是浪漫的，充满了与爱情有关的奇闻异事，字里行间全是情人之间的浓情蜜意。但不好意思，事实并非如此……至少目前不是这样。

艾贝克的爸爸跟他的孩子说过关于"坠入爱河的人"的故事。为了让孩子能够明白这个概念，爸爸对艾贝克说，其实他们与那些坠入爱河的人在外表上十分相似。但艾贝克从来没有见过坠入爱河的人。就从他听到的爸爸对他们的形容而言，他认为那些人奇怪极了。爸爸说坠入爱河的人会把他们的期望寄托于上帝，甚至寄托在月亮上。在艾贝克的想象中，他们是这样一群人：他们胆怯又害羞地伫立着，眼睛迷茫地望着天空，但他们又无法寻找到一个可以安放他们诺言和期待的地方。他们彷徨且悲伤，希望月亮的光芒能够将他们带往一个宇宙间至美的神奇之境。

"那些坠入爱河的人，他们的心往往都是悬空的。我甚至觉得，他们的生活里，痛苦多于快乐。但他们又都非常固执，因为对爱情的幻想和对爱不由自主的追寻遮盖住了他们的双眼，使他们变得盲目。这些人不明白爱是一件需要学习和等待的事情，因为命运早就安排好了一切缘分，他们只需要等待这种特别的缘分以一种意料之外的、巧合的方式降临在他们的生命中。他们得明白，爱情并不是可以任由他们自己决定和选择的，真正决定爱情发生的，是弥漫在两颗真心之间的一种神奇的物质。每一个仓促的决定都是一种谎言，人们本不应该无谓地付出自己的感情。坠入爱河的人都是奇怪的人。"

艾贝克觉得自己已经站在了宇宙中心，他自言自语、自导自演、自问自答着一切。

他在寻找他的靴子和大刷子。他萌生了一种新的感觉，并为之感到激动。这种感觉交织着温柔与甜蜜，似乎让他对情感有了细腻的理解。现在他计划着将所有那些渴望爱的意图吸引过来。每个人都应该想象一下，有某个东西正从天而降；有人正在为了使自己的承诺变得更真实可信而努力着；没有任何人的笑容和哭泣不会得到回应。

他计划着要将所有散落在天空中的、停落在云朵上的期望——收集起来，然后用温柔的爱精心地呵护它们，把它们捧在手里。自从这些期望被粗心之人忽视而变得破碎开始，艾贝克就把它们保留了起来。

那个晚上，月亮仿佛又变得亲切温柔了很多，让人想去触摸、想去依靠。她的光芒依旧皎洁明亮，就好像有人为她披上了一件奶白色的纱衣。

远远地，艾贝克好似看到了一群沐浴在幸福中的人。

月球的背面

【月球上】

身处黑暗之中，人很容易迷失方向。一切似乎都变得更神秘了，以至于人们的一切感知都变得迟钝起来。

在月亮的另一面，遍地都被覆盖上了一层黑色的阴影。

月亮被切割成了两部分。被阴影覆盖的那一面好像没有任何用处，并且不可靠近，就如同那是寒冷的聚集地，所有的寒冷都跑到那儿去了。有时艾贝克还可以听到从那边传来的一些雷的轰鸣声，有时又传来一阵爆炸般的巨响。

尽管非常害怕，艾贝克还是按捺不住好奇心，他忍不住想要探寻月球的另一面究竟隐藏着什么东西，他想知道为什么月球的背面会一直处在一片浓密的灰暗里。好像那一片黑暗的世界，就是所有不幸的征兆诞生的地方，又或者其实那里隐藏着一些幽暗、恶毒的灵魂。

艾贝克的爸爸曾警告过他不要到月球的另一面去，因为那里有许多高耸的沙丘，但其沙质脆弱无比，每当一阵风刮过，它们随时都有可能轰然垮掉；还因为在那另一面，月球就像是被凿了一个大洞，如果有人把身子探到那头去，就很有可能会掉下去，他会不断地下坠，然后彻底迷失自己，最后也不知道会掉到哪里去。

你们是否有注意到，在那些恐怖电影里，所有人都害怕进入那种被遗弃在野外、无人问津的房子，因为在这种地方曾经发生过一些令人感到毛骨悚然的事件。但总有一个时刻，需要有一个人挺身而出，走进那个一片漆黑的地窖，而地窖中时不时会传来奇怪的声音。事实上这个人本应该赶紧溜走，逃得远远的才是。现在我们的艾贝克就是这个即将进入"漆黑地窖"的孩子，但是"地窖"里面如此可怕，为什么你要进去呢？快跑吧！

艾贝克希望自己有一双翅膀，能够不被恐惧压倒——但他抑制不住心中那强烈的好奇心。他渴望去探索月球那极其神秘又奇特的另一半；他想知道为什么月亮的那一部分会常年被黑暗笼罩，就好像是月亮被什么邪恶的妖术诅咒了，让她再也不能享受月光的抚触。

　　为什么月亮会有这一部分不美好的存在呢？在艾贝克看来，这非常地不公平。如果可能的话，他会把光粒撒在每一个地方，他会在月亮的边沿铺满成千上万的闪亮的小珍珠，为她换上节日的盛装，让她成为宇宙间耀眼光芒的聚集地。

　　唉，没用的，我的劝阻无济于事……很显然，艾贝克还是会去那片黑暗里一探究竟。

艾特肯盆地

【月球上】

这里的一切都光滑无比，就像被剥去了外壳一样，但艾贝克的目光所及之处皆是一片黑色。随着艾贝克一步一步地向前走，他脚下的灰尘也飞扬起来，再落下时又覆盖住了艾贝克来时的足迹。

他眼前的一切没有任何景物，没有任何形状。

艾贝克决定了，他要穿过这一整片黑暗，直到找到想要的答案，他才会停下向前的脚步，往回折返。他非常好奇，为什么这里一直处在一片广阔幽深的黑暗中？

他感觉自己穿梭到另一个空间了。这里空空荡荡，一片荒芜，听不到任何声响，甚至也许连风都不会从这里吹过。

艾贝克再一次感觉到了孤独，他已经孤身一人走了太远，他害怕自己会迷失在这里，害怕自己再也找不到来时的路。

他站在一片没有尽头的平原上，现在，他已经迷失了方向。

"黑暗不是没有尽头的，它肯定有一个准确的空间范围，有起始，也有尽头。但为什么在这里一切都看似没有意义、没有历史、没有起源，也没有结局呢？这里的一切究竟都有什么意义？它可以创造出什么？这里又是经过了怎样的变化，才导致了现在这样摸不着、看不见的漆黑一片呢？在这我一直认为完美无缺的宇宙中，竟然存在着一个如此广阔的黑暗世界，它打破了宇宙整体的和谐，这是我之前难以想象的。我一定能够找到突破点，来解开这个谜团。我相信，只要我坚持在这里不断地探寻、搜索，迟早我会找到方法，帮助这里焕发光芒。"

艾贝克不断地为自己打着气，心中也渐渐打消了对这里的疑虑。

探索

【月球上】

　　艾贝克脑中没有任何别的念头。

　　那个巨大无比的陨石坑一定是造物者给予月亮的珍贵的礼物，壮丽又辉煌，使艾贝克产生了无数的联想。

　　那个巨大的空间有可能是所有宇宙飞船的基地，也可能是供天使们休憩的地方，或者是用来招待他们的圣殿。谁知道已经有多少神奇的生物进入了那里面，其中又有多少人尝试过向深处探寻，只为发现这里的起源与奥秘。

艾贝克非常激动，他想重新振奋一下自己，尽快赶到那美丽的地方。

芝麻开门

【月球上】

艾贝克闭上双眼，尝试着去感知一些东西，去寻觅一切可以向他揭示月亮为什么会有阴暗面的真相。

四周一片寂静，他似乎感觉到些微的咝咝声，仿佛是蛇从某个暗处发出的声音。他展开双臂，支起耳朵去探听那拂过他身边的一阵轻风，尽可能地探过身子去感受那一点点的轻微动静，就仿佛他身上的每一个细胞都渴望得到些什么信息。这个画面看起来庄重极了。

如果可以的话，我想问你们两个问题：你们有谁曾经付出百分之百的努力，就只为了去了解某件事情的真相？你们又有谁曾经为了去追寻自己的心中所想，而违背了父母的意愿呢？我不期待得到你们的回答，但你们心中自有答案。

艾贝克将展开的双臂放下，将目光投向陨石坑的深处，一直越过那层银色的纱幕。他好像是着了迷一样，在陨石坑的边缘摇摇晃晃，好似是站立在一根紧绷着的绳索上，而星星们正搞怪似的故意捉弄他。

他忽然感觉到后颈有一阵风吹拂而过，轻轻地拍在了他的肩膀上。他轻轻地飘起来了，在空中悬浮了一会儿，然后任由自己向下落去。他被灰尘裹挟着向下滑去。

这并不是一次充斥着巨大冲击力的毁灭性的降落，只不过让艾贝克感到有些混乱。在下降的过程中，他感觉到好像有一个人一直在他旁边，温柔地陪伴着他。然后，在某一个瞬间，他突然停止了坠落。他双脚着地了。

"这里不是月球。"他处在一个巨大的坑道中央，这个坑和月亮上的陨石坑一模一样，坑的边缘微微突起着几个耸起的尖峰。

"我降落了多久呢？"

艾贝克发出了疑问。

当他下降时，坡道上似乎没有结点。他看了看四周，所有的一切都使他感觉到陌生而新奇。

"多么奇怪的云哪。"

陨石坑的中央，盘旋着一阵不寻常的风。这里的一切似乎都沉甸甸的，他踏出的每一步都比以往更累、更慢。他被一圈触摸不到的流动的水圈环绕着，身旁还有散布在四面八方的固定住的闪电。

从水面上他看到了自己——他悬空着，好似正要飞翔到空中去，好似脚下有一阵风在引导着他。艾贝克的身影映照在水中，他有好几次从水里面看到了自己。他朝着自己的倒影俯下身去，像是要拥抱水中的另一个自己。

突然间传来一个沉闷的声音。

原本那些固定着的、静止不动的东西，都开始毫无秩序地晃动了起来：水像是摇身一变而成了汹涌在暴风雨中的巨大海浪；风像是被谁激起了怒火而咆哮起来，仿佛马上就要把月亮的外壳剥下来吞噬掉；闪电更是不断闪烁着光，奋力击打甚至是要破坏掉这奇幻的景色。

这一切由一个完美的泡泡转变成了一场混乱。

艾贝克，我早就警告过你！

现在一片漆黑

【地球上】

"这是新闻播报的最后一个小时。为了及时传达给你们这条紧急的消息，我们中断了所有其他消息的播送。"

阿达拉站在她上班的那家超市里的电视机前，一动不动。

电视里的新闻播报员叮嘱市民们要待在家里，不要出门，因为外面发生了一件出乎意料、闻所未闻的事件。同时播报员又安抚大家不要惊慌失措，告诉大家目前最权威的天文学家和其他科学家都在通宵达旦地致力于研究这个现象，他们会尽快给大家一个解答。

从新闻播报到现在为止，大家再也没有谈论其他事情。他们谈论的话题只有月亮。

"月亮被偷走了！"广场上的孩子们大声呼喊着。

黑夜变得越来越昏暗，没有任何的光亮。树叶不再扑闪着月光下的影子肆意舞蹈，海面也不再折射出波光粼粼的月影。恋人们不再拥有一个私密的空间来表达爱恋，人们没有了一个将自己的所有思绪寄托其中的存在，他们也没有了可以诉说自己秘密的地方。不再有任何东西有着相同的形状。

一切都好似熄灭了，黯淡了，被遗忘了。

泡菜

【月球上】&【地球上】

　　黑暗。周围只有一片漆黑。

　　艾贝克被禁锢在一个架子里面，他感觉自己的五脏六腑都被挤压成了一团。手臂、背部、头部，全都蜷缩成一团，紧紧地贴着一张坚硬的外壳。艾贝克从来没有感到如此压抑过，他已经习惯了宇宙的广阔空间，习惯了那种无拘无束的感觉。

　　突然，一束光照射到他脸上，直射他的双眼。

84

但这束光跟月亮的光没有任何相似的感觉，月光是柔和细腻的，而这束亮得让他睁不开眼睛的光，不仅生硬，还非常粗暴。艾贝克不知道自己现在身处哪里，他耳边那些嘈杂的声音，以及充斥他嗅觉的各种奇怪的气味，通通让他感到陌生和不适。

艾贝克的脑袋一片空白。

他立马想到，这会不会是他的大脑跟他开的一个玩笑？也或许是天空中的灰尘让他幻想出了一个怪异至极的幻象？他觉得一定是星星们在捉弄他，他现在已经变成这群调皮的捣蛋鬼们的消遣对象了。

他试图挣脱这个束缚他的空间，调动身上每一处可以用上的力量，他用双臂和双腿使劲地向外推，在这个巨大的铁箱子一般的牢笼中奋力挣扎，好像要把整个世界都撬动一样。

突然，一声玻璃破碎的声音传来。

"我这是在哪里？这是个什么地方？我好想回家。"

接着，艾贝克抬起头来，想要仰望天空，向它寻求帮助。但他能看到的只有几束明亮的光线，这使他想起了流星一划而过之后在天空中留下的痕迹。但现在，他面前的这束光线刺得他感觉眼睛像被燃烧了一样，惹得他非常恼怒。他的眼前一片花白。

没一会儿，他感觉自己被硬生生地压倒在地上，感觉似乎有人拿了一串铁链扣在了他的脚踝上，绑住他，使他动弹不得。他的皮肤感觉到一种从未承受过的重量。

在他周围，遍布着奇形怪状的东西，他们的颜色奇特而灰暗。

"通信部门通知，请清洁部门的员工立即前往泡菜区域，谢谢。再重复一次，请清洁部门的员工立即前往泡菜区域，谢谢。"扬声器里传出一阵仓促而严肃的声音。

如果你们正在疑惑为什么大家要前往泡菜区域，并且奇怪为什么通向人类世界的通道会在这么一个地方，相信你们心中已经有了答案……我们对这个问题的答案毫不隐瞒——因为没有人买泡菜！

艾贝克开始奔跑起来。

这个完全陌生的环境让他感到非常不快。

他在内心告诉自己，面对这样的突发状况时，要保持冷静、镇定。

但他感觉自己被天空抛弃了。

他没有确定的方向，只顾闷着头往前冲，把所有阻挡在他面前的东西——撞倒。今早刚运来的新鲜水果全部都被打翻在地，场面一片狼藉，到处是破碎的玻璃瓶。艾贝克试图抓住一切他可以触碰到的东西，但同时他整个身子又一会儿左歪一会儿右斜的，于是他只能横冲直撞地去寻找那个对他来说仿佛就是逃生之路的出口。

"呼叫安保部门，请尽快赶到，这里出现了一个疯子，他正在摧毁一切。"扬声器中再次传来声音。

艾贝克也听到了这不知是从哪里传来的声音，他感觉眼前的这一切极其奇怪又极其缓慢，他听到自己的心脏正被两个拳头轮番击打着。

经过一阵慌乱的奔逐，艾贝克成功找到了出口，与此同时，有两个男人一直在他身后穷追不舍。

一跑出超市，艾贝克便停下脚步，马上抬起头张望天空，对于他来说这是他最本能的行为。但在这片天空中，他一颗行星都看不到，更别说辨认行星了。他也看不到星星对他眨眼示意，更找不到一星半点的闪光。

"这怎么可能呢？"艾贝克呆呆地站在原地，面色慌乱，满脑子都是疑惑。

月亮被一块黑色的幕布覆盖住了。

这一瞬间，艾贝克被那两个追赶他的安保人员推翻在地。

他将目光聚集在手上的银色铁圈上，他没办法褪下这坚硬的铁环，就好像他被某种咒语控制住了。与此同时那两个人把他压在了地上。

"停下来，我说停下来！你们没看到他有多害怕吗？"一道尖锐的声音从不远处传来。

"请你们放开他，我觉得他现在非常害怕！"

艾贝克闭上双眼，他想重新找到那片漆黑的宇宙，想回到月球上的家，想劝说他的灵魂赶快逃到温柔又明亮的月球上去。

命运早就安排好了一切缘分，他们只需要等待这种特别的缘分以一种意料之外的、巧合的方式降临在他们的生命中。

阿达拉

【地球上】

　　阿达拉向艾贝克弯下身去，她看着这个惊慌失措的男孩，握着他的双臂想要将他扶起。她待在艾贝克旁边，好像在任何时候她都能够带这个无助的男孩离开这里，甚至带着他飞走。

　　艾贝克还是紧闭双眼，他不想看到这些围在他身边吵吵嚷嚷的人群。他闭上眼想象自己正陪伴在月亮身旁，沐浴在银色月光下，沐浴在一片宁静里。

"你是谁呀？你什么也不用害怕，在这里没有人想伤害你的。"阿达拉握住艾贝克的手，试图让他平静下来，她知道这个男孩没有做任何不好的事情。

关于"害怕"，阿达拉已经感受过无数次——当人们告知她父母遭遇车祸事故的消息时，当她从医生口中听到她的皮肤病再也不会痊愈，而那些颜色如珍珠般的斑点将会永远伴随她时，阿达拉就已在害怕中学会了坚强。

她知道不被人们接纳意味着怎样的恐惧，知道当一个人得不到呵护与关爱时心中会有多么害怕，对于这些令人难过的滋味，她是如此感同身受。此时此刻，她绝对不会离开艾贝克，至少直到她能够让这个脆弱的男孩站立起来。但现在这个男孩还是紧闭着双眼，就好像如此一来，他就可以将自己藏进一个庇护所，逃避身边这些混乱。

"快把眼睛睁开，勇敢一点。看着我。"

艾贝克睁开眼睛，仍然非常无助与迷惑。他向人群中伸出一只手，就像在向上帝祈求慈悲一样。艾贝克想向上帝寻求帮助，因为正是上帝的安排，他才会降落在这里。他面色苍白，一动不动，虚弱无力，像是一枝被折断的百合花。

阿达拉牵起他的手。艾贝克从来没有触碰过一只如此柔软的手，感觉不像是肉做的，倒像是由丝绸软线织成的。他习惯了以往他一直牵着的爸爸那只粗糙而坚硬的手。阿达拉试图把他拉起来，但是艾贝克的身体却像是被钉子钉在了地面上一样，沉沉的，拉不起来。

艾贝克感觉自己筋疲力尽，仿佛浑身的力气都被抽走了。

"加油，站起来。我帮你！"

"我没有力气了。"艾贝克用一丝微弱的声音回答。

"那好吧，那我就跟你一起坐在这里。"

两位安保人员看着这两个举止怪异的人，摇了摇头，叹着气走远了。

阿达拉和艾贝克肩并着肩，坐在超市门前的广场上。

超市周围弥漫着一种奇怪的氛围，似乎有某种不寻常的东西正准备降临。

"现在你不用担心了。你是从哪里来的呢？我从来没在这一带见过你。"

阿达拉对这个男孩感到好奇，她想知道些关于他的信息，但是不想让他更加害怕，而且她向那些安保人员保证过，她会合理地处理好这个男孩的情况。但是她甚至不知道这个人叫什么，她对他一无所知。

"你叫什么名字？"

艾贝克仍然没有安全感。他隐约记得他爬上了宇宙中的一个很高的点，他不知道自己到这里来是要做什么，又有着什么使命。当时他一心想着要不断地靠近月亮上那个陨石坑的最边缘，现在他心里责怪着自己那不知满足的好奇心，是那可恶的好奇心使他掉进了这个怪异的地方。他脑子里充斥着一团疑云和各种杂乱的思绪，他的呼吸急促起来，好像生怕下一刻就会失去呼吸。当艾贝克感到紧张不安的时候，他总会这样。

"我的名字叫艾贝克，现在没事了，我感觉好多了。但是我不知道我发生了什么，我经历的这一切都让我难以置信。"

他一口气说完了全部的话，没有一点停顿，好像生怕漏掉哪个字一样。

阿达拉微笑地看着他，眼中流露出一丝鼓励。

"你有地方可以去吗？我快要下班了，现在得回家了，因为我还有一只叫作比格的狗狗在家等着我，我不能晚归。"

"你去吧，别担心我。"

"如果你愿意的话，我们约定明天晚上八点在这里见面，好吗？抱歉，我现在得赶紧回家了。"

"下班""晚上八点""比格"，艾贝克完全不理解这些词语是什么意思。

不过艾贝克确实是无处可去。他仍然待在原地。

可怜的艾贝克，他在这个世界里没有任何人可以依靠。他的脑袋里仍然装满了对这个世界的疑惑，他能想到的只是那个什么都不明白的女孩。

星星的尾巴

回家的途中，阿达拉总是忍不住想到那个奇怪的男孩。

"我总是会观察每一个走进超市的人，这早已经成了我的职业习惯，并且我不会忘记任何一张进入过超市的顾客的脸。"阿达拉自言自语道。

她的理智使她无法毫无保留地相信这件本不应该发生的事情。她心里分析着：怎么会有人凭空出

99

现在超市过道里呢？至少这个人应该给自己选一个更好一点的地方出现吧，总之肯定不该在堆满了烤肉架、开胃酒、餐巾纸、葡萄酒、醋以及泡菜等货品的地方。更何况这里人来人往，顾客行色匆匆。如果有一个人会突然出现的话，那他应该降落在一个神奇的地方，也许是一座满是玫瑰的花园，或者是蓝天碧草、满地芬芳的山丘，又或者是一朵梦幻的软乎乎的云朵。

阿达拉开始了她奇幻的想象。从前她的妈妈经常给她讲述一些奇幻故事，向她描绘外太空的星际之旅，那是在一个没有时间也没有空间的地方尽情遨游。

但是在所有这些奇幻的故事中，阿达拉最喜欢的是那个"织女为星星缝纫尾巴"的故事。

"不管为哪颗星星缝纫尾巴，织女总是用一模一样的线来进行缝纫，但她给星星们绣上的花纹就像是为每一颗星星量身定做的。"妈妈对阿达拉讲述道，"在她的一针一线中，没有一丝一毫的马虎，细心的织女知道这些星星将会用自己的光辉照亮整个夜幕，就像它们是天空中唯一的公主一样。这个织女的绣工是如此精美，星星们都感到非常满意，它们在天空中开心地转起圈来，也仿佛是要让自己吸引到别人的注意。每个人都有一定程度的虚荣心和优越感，以及对美的渴望。这个心灵手巧的织女名叫奈伊玛，她追随着星星们，以及天空赠予她的那些甜蜜的故事。她喜欢将她身边的所有东西都用针线非常细致地勾勒出来。奈伊玛察觉到，宇宙并不是静止不动的，而是时刻都处于运动中。她还说，世界上的赞美之言都会变成未来的星光。天空中还有一些喜欢奈伊玛的天使，时常将他们珍贵的吻献给奈伊玛。她的皮肤上有一些泛白的斑，每一块斑都是她被天使吻过的地方。"

"奈伊玛是那么美丽，充满光芒，好像她也是夜空中闪烁着的一颗星星。她虔诚地侍奉着宇宙，时常对着夜空进行祷告。她好似有着取之不尽、用之不竭的祈祷词，口中不停地诵念着，像是在默默地吟唱。

"奈伊玛确信上帝一直都在注视着她。在某个她注意不到的地方，上帝正用心倾听着她虔诚的声音。

"除了缝制星星的尾巴，奈伊玛还负责召回那些迷路的灵魂——它们都是在完善自我的途中迷失了方向的灵魂。奈伊玛跟它们聊天，向它们敞开怀抱，让它们有一个温暖的港湾可以栖息。她心中有着如大海一般广阔的空间来接纳所有这些需要安慰的灵魂，并且她会用同等的耐心去——温柔地呵护它们。

"她会在每一颗星星的尾巴上，用针线编织出她从宇宙的智者那里领悟到的箴言，让宇宙的智慧在天空中的每一个角落熠熠发光。彗星将它们纯净洁白的光芒撒落在宇宙中，在浩瀚的夜空中留下了它们的神圣法则。"

天使的吻

【地球上】

当阿达拉再次回到超市时，外面已经几近一片漆黑。但今天晚上她不需要轮班，她来这里只是为了寻找那个不同寻常的陌生男孩。

艾贝克正一动不动地坐在那儿。他连一步也没有挪动过，他一直在原地等待着。

"嗨——哇，你这么准时吗？平常我都是提前到的那个人。你是太想早点见到我，所以就在这里

104

等了一整天吗？我说对了吗？"阿达拉笑着打趣艾贝克道。

但艾贝克没有回答。

"好吧……你想吃提拉米苏吗？"

"什么是提拉米苏？"

"你不知道什么是提拉米苏吗？那你住在哪儿？"

"我住在月亮上。"

"噢，原来如此，你这么说那我就明白了。"阿达拉只当他在开玩笑。

"但昨天是发生了什么吗，让你那么害怕？你是从哪里逃过来的？"

"我没有逃，我永远都不会离开我的家。我也不会因为任何事情抛下我的任务。"

阿达拉显然没明白这个傻小子在说些什么，她本来只是想帮助他。"那么你是想要我陪你回家？"

她问艾贝克。

"你别管，这件事很复杂。"

"不好意思，但我只是想帮助你而已。"

艾贝克意识到自己刚刚的态度有些生硬，他想补救一下。"你对我很好。"

"这话没错，但你可别让我后悔啊。"阿达拉似笑非笑地回复道。

"但我真的不明白我为什么会到这里来。"

阿达拉对这个男孩说的话还是感到一头雾水，"这里是指的哪里？"

"这个蓝色的星球。"

"噢，你又要开始讲述月亮的故事了，是吗？"

"我已经说过了，这很复杂，你不会明白的……"艾贝克的神情忧伤，显得心事重重。

"抱歉，但是如果你愿意跟我说说的话，我会认真听的。"

"首先你得告诉我：你刚刚说的那个提拉米苏是什么？它真的可以让你把什么东西提拉起来吗？"

"当然了，这可是一道了不得的甜品，制作提拉米苏时需要用到鸡蛋、奶酪，还有……"

艾贝克对什么是提拉米苏并不感兴趣，但是这个女孩就站在他身边，他听她说话时，就会莫名感觉心情变得明朗起来，这让他短暂地忘记了他现在这糟糕的处境。

"最后再把可可粉均匀地撒在蛋糕的表面，提拉米苏就制成啦！"

艾贝克的眼睛一直停留在阿达拉身上，突然间他注意到阿达拉的脸上有一个斑点，他伸出手想去触摸。

"你干什么？！"

"这个斑点让我想起了好多事情，我爸爸曾经跟我说，我妈妈有着跟月球表面一样的皮肤，那是一种神圣的标志，是一个来自上帝的记号，代表着她被指派为天使了。"

阿达拉觉得她面前的这个男孩就像个疯子一样，在说着些奇奇怪怪又不着边际的话。

"那就是我的斑点，那只是一些斑点罢了！"阿达拉有些生气地回答他，同时从包里拿出小镜子和粉底来，遮盖住自己脸上的斑点。

"怎么会呢？不是这样的，这些斑点都是天使的吻痕。那个白色的痕迹就是天使将他们的纯洁留下的地方。难道从来没有人跟你这样说过吗？"这一次，艾贝克的语气更加坚定了。

"怪人，我们去吃点东西吧。"

天空开始下起雨来。

"等等，这是什么？"艾贝克抬起头，望着天空问道。

"你在说什么啊？"

艾贝克从来没有见过雨点。

"这个。"他伸长着手对阿达拉说，"你没看见有什么东西正从天上掉下来吗？它有一股我从来没有闻过的气味。"说完，他伸出了舌头。

阿达拉心里想着：随他去吧。但随即又惊讶地看着艾贝克，问道："你怎么会不知道这是什么？你在跟我开玩笑吗？那只是雨而已啊，这里经常下雨的，对于新闻报道而言，这只是一件再寻常不过的事情。"

"不是的，是你不明白。这是来自上天的礼物，是上帝的抚摸，你没有感觉到吗？"

"我应该感觉到什么？这只不过是雨点而已，平常、愚蠢又普通的雨点！"

"你看。"艾贝克指着他的周围，"当雨落下的时候，它可以触碰到每一个角落，覆盖住每一个地方，拥抱它，呵护它。我爸爸曾告诉我，当我在天空中看到了一些新鲜而不寻常的事物时，我应该带着喜悦向这些不寻常的事物问候。"

"好吧。你遮一下雨，你现在浑身都要湿透了。"

"为什么我要这么做？我要遮住什么？你来我这边，快，来感受一下抚摸。"

阿达拉十分惊奇地看着艾贝克，同时还感到非常尴尬。

"你……你在说什么啊？你脸皮怎么这么厚！说到底我是一点也不认识你的，你这样要求一个你才认识不久的女生是很不礼貌的……"阿达拉看到艾贝克的脸正朝向天空，眼睛凝视着雨滴。那一刻她意识到，艾贝克指的可能是雨滴的抚摸。她的脸颊霎时变得通红，就像一整片的罂粟花在山野中悄然绽放。她悄悄地靠近艾贝克，希望他没有察觉到。阿达拉仔细观察着艾贝克，这个男孩的身上透露着一种真正的平静，却也有一种让她感到有点奇怪的熟悉的感觉。她站到他身旁，闭上眼睛，抬起头来。雨一滴一滴地落在她的脸上，清洗着她的每一寸皮肤。她的妆容全都随着雨点滑走了，脸上的斑点显现了出来。

他们两个人互相看着彼此。

"你看吧，没有人想要你把斑点隐藏起来，就连上天也不想。"

一开始阿达拉并没有理解他指的是什么，愣了一下以后，她旋即用双手遮住了自己的脸。

"噢，抱歉！"

"为什么你要道歉呢？"

"我知道那些斑点看起来不漂亮，我也讨厌这些斑点。"

"我不知道你在说什么，'看起来不漂亮'是什么意思？"

"我……我说的是这些该死的斑点。"

"你相信我，在我来的那个地方，大家都把它看作是美好的东西。说到我来的那个地方，那是一个仍然未知的世界，在那里，我能看到天空的任何一种模样，我还能够剥去星星的外衣，让它们都羡慕我的月亮。现在我看着你，我并不认为你逊色于我见过的任何一样事物。"

阿达拉还是感到些许尴尬，但同时又被这个男孩的话深深打动了，她不禁因这些赞美的话语感到有些羞涩。她一言不发地看着艾贝克。

"我们走吧，你需要换些干的衣服。我就住在这附近。"

人类的局限性

【地球上】

真的非常奇怪，阿达拉还是无法理解这个男孩究竟来自哪个地方。她持续地观察着这个男孩，试图在他的脸上或是皮肤上寻找到一些可以解开她的疑惑的可能。

艾贝克走在这条几乎空无一人的大街上，摆动着双臂，行动欢快又敏捷。他不断向阿达拉询问他们遇到的每一样东西有什么用途和意义。他看起来就像一个淘气的孩子，蹦蹦跳跳的，像是要触摸到天空；他的脚步凌乱无序，似乎永远也不会保持同样的步调。

阿达拉抓住他的手，想让他停下来，同时也是为了保证他的安全——刚才在大马路上，有一辆汽车差点就要撞到这个不安分的男孩了。

"你知道吗？阿达拉，这里的一切都像是被装上了一个高速转动的马达，而这里的人们就像是在互相追赶，好像他们急着要到达某个极其重要的目的地，而且他们还特别害怕不能够及时到达。为什么这里没有平静呢？阿达拉，这些人都在寻找着什么？生命会随着宇宙的运行一起消逝，我们没有必要加快这个进程，也正是因为如此，人们需要在内心创造一种平衡。阿达拉，他们如果明白万事万物都应该顺其自然的道理，就会理解他们生活在这颗星球上的意义。生命的出现就是为了维持宇宙间的某种和谐。我们每一次的追赶，都让我们加快速度远离无尽的自然本质。阿达拉，在这颗行星上，是自然在掌握着一切混乱的秩序，这是人类使人类本身改变其本质的东西。这里的人们仿佛都断开了与宇宙的连接，他们没有理解灵魂的需求，没有理解人类需要遵循时间的规律以及它的自然流速。没有人可以违背宇宙原本的秩序。"

现在看来，艾贝克已经不再为自己的事情而担忧了。他已经习惯了这个全新的秩序，适应了这个直到刚刚他还觉得难以置信的宇宙的安排。

我不相信你的话，但我信任你

【地球上】

阿达拉找不出一个确切的理由，但她确实被艾贝克吸引住了。她之前甚至觉得他是个疯子，然而现在她却无法不待在他身边，无法不帮助他。她感觉到她和艾贝克仿佛有着一个共同的使命。

故事先停一停。我们总是会喜欢上那个我们一开始认为是错误的人，也许这是一种潜在受虐倾向的体现，又或者这是因为我们的内心可以感受到那些我们的双眼接受不到的信息，也或许这正是我们的超能力。

"我假设你真的是从月亮上来的，那你跟我说说，上面都有什么。在我看来，除了夜空的景色，那上面什么也没有，你待在月亮上，只是独自一人，也一无所有。那上面没有任何可以供你消遣的东西，你看不了电影，也看不了足球赛，更没办法看到大自然的美景。所有的这些那里都没有。但你看看这周围，在这里，我拥有了一切。我每天都可以见到这些美好的事物，不但如此，我还可以跟许许多多的人分享。

"在这里，每一种事物都是不一样的，但它们由一种自然的音乐和这个你称之为'蓝色星球'上的所有的点串联起来，绽放了五彩斑斓的光芒。

这个星球虽然不是百分之百的完美，却是相当的完整。

"但有时候，也有一些奇怪的事情，比如我们得学习如何与这个星球上变化不定的气候共存。对完美事物的紧追不舍只是一种对自我的谴责，比如人们对于与上帝联结的偏执的渴望。不惜一切代价也要靠近上帝，只为了更靠近他一些，这种对完美的向往只会让我们对自我变得更加不满足。当我们只需要接纳自己的本性时，我们将不会再对自己的行为如此苛责。正是在这种美妙的混乱中，我得以找到属于我的安宁。"

"阿达拉，这不是一个玩笑，我真的是从月亮上来到这里的。还有你说到的月亮上的景色，实际上远远比你想象的要美丽得多。月亮使我自愿诚心、竭力地为她效劳，我对她的喜爱发自肺腑，我愿意全心全意地守护并支持我的月亮。这种情感深入骨髓，我甚至想把她珍藏在金色的摇篮里。这种情感是柔软的、脆弱的，同时也是永恒的、不会枯竭的。

"我不单单是培育希望的人，我保护着所有的梦想、渴望，为它们创造出生长的空间。作为一名月亮的守护者，把月亮点亮，让她的光芒铺满整个夜空，我感到非常神圣与自豪。

"我生活的那个地方的完美并不完全是我的功劳，我只是作为其中的一分子付出了我应做的努力，我只是一个执行着让月亮变得完美的美好任务的小天使。我将美丽授予这个永恒的存在，而这个任务也确实让我感到自己是一个特别的存在。但我一直提醒自己，我守护着的月亮，她是属于一切的，她属于所有人。我保护、爱护着她。阿达拉，你知道吗？我并不孤独，因为我承担着一个如此伟大的任务，我的责任感让我超越了小我。"

阿达拉沉默了，她开始说服自己去相信这个看起来有些神志不清的男孩的话，相信他是真诚的。

艾贝克有他自己的道理，他看起来也确实像是来自一个遥远的星球。

她噘着嘴对艾贝克说："我不相信你说的这些话，但我信任你。"

"什么？这话是什么意思？"艾贝克感到奇怪，不禁问道。

"意思就是我刚刚跟你说的——'我不相信你的话，但我信任你。'"

"拜托，你好好回答我。这句话我还是不明白。"

"我说——我不相信你的话，但我信任你。"阿达拉又重复了一遍，然后转身朝前走去，每一步都又蹦又跳，像要飞起来似的。她突然间感到心情明朗，浑身轻松。

艾贝克追上去，牵住她的手，肩并肩同她一块儿走着。回家的路上，他们没有再说一句话。他们就只是紧紧地挨着，手牵着手，向前走去。

瓶塞

【地球上】

"我去衣柜里给你找一些干衣服，马上就回来，你在这里等我。"

艾贝克独自一人留在窄小的餐厅里，他看了看四周，整个空间都显得无比的狭窄和局促。

但房间里所有的东西他都不认识，他走进厨房，拿起咖啡壶，直愣愣地盯着它，仔细地研究它，试图搞清楚这个小玩意儿是用来做什么的。

狗狗比格从来没有见过这个陌生人，它朝着艾贝克大声地吠叫。艾贝克吓坏了，往后连连退了数步，手里还拿着那个咖啡壶。一直退到了墙角，艾贝克还在使劲地往墙上挤，像是要用力从墙里一穿而过似的。

"对不起对不起，我不是故意碰这个东西的，我马上放回去。"艾贝克对着狗狗说道，同时赶紧把手中的咖啡壶放下。

"比格，趴下！你在干什么？坐下！你这是怎么了？你不应该这样对待我们的客人。"比格一看到主人生气的样子，就像是知道自己做错了事一般，耷拉着耳朵趴在地板上。

"真抱歉，它平时不会这样的，也许是因为你的靴子。它从前只会对着我爸爸这样叫。但也奇怪……"

艾贝克还在刚刚的犬吠声中惊魂未定。

"给你。你换上这些衣服，这是我爸爸的，但你应该穿得下。"艾贝克接过衣服，立马准备开始换。

"不，你在干吗?！你不要在这里换！那扇门的后面就是卫生间。"

"为什么我不能在这儿换?"

"你赶紧的，别开玩笑，快去。"阿达拉哭笑不得地回复道。

艾贝克不理解，他不明白为什么他应该躲起来换衣服。所谓的羞耻感在艾贝克身上是不存在的。艾贝克心中不禁疑惑：是否他身上有什么奇怪的东西? 又或者在这个世界里换衣服是一种神秘的仪式? 他实在找不到一个确切的答案。

当艾贝克从卫生间里出来时，阿达拉忍不住笑了。

"怎么了？有什么不对劲的吗？你为什么笑成这样？"艾贝克不解地问道。

他的衣服宽松无比，上半身是一件巨大的衬衫，远远长于手臂的袖子向下耷拉着，下半身的裤子裤管肥大，艾贝克只用了一根绳子当作皮带将这条宽大的裤子系在腰上。这套衣服对于这个长着雀斑的男孩单薄的身板而言，已经远远大到把他整个人给覆盖住了。

"至少你换上的这套衣服是干的。"阿达拉还是控制不住自己的笑。

"我觉得还不错。现在你爸爸在哪里呢？"

"我爸爸已经不在了，他去世了。"

"我爸爸也不在了，但我们从不用'去世'这个词。"

"是吗？那你们是怎样说的？"

"他重生了。"

125

这个织女的绣工是如此精美，星星们都感到非常满意，它们在天空中开心地转起圈来，也仿佛是要让自己吸引到别人的注意。

"重生？这太荒谬了，死亡才不是重生。某个人一旦死亡，就意味着这个人的生命结束了。他已经走到了终点，终止了呼吸。你不能再拥抱他，拥有他。一个去世了的人，你将再也不能够见到他，不能与他说任何话，他也不再能保护你，给予你温暖。一个你已经失去了的人，你是没办法再拥有的……"

艾贝克打断了她的话。

"在我们那儿，我们不相信人的生命会有终点，我们相信生命是会有轮回和重生的，所有在这一个轮回中去世的人都会在他的下一个轮回中拥有一次新的生命，他将会重新开启一段全新的旅程，拥有全新的记忆。而我们把这段历程称为'宇宙轮回'。"

阿达拉沉默了，她被艾贝克的话击中了。她觉得她应该马上转换话题，否则她随时有可能在艾贝克面前掉下眼泪来，她不想被别人发现她内心的脆弱。

"我给你准备了一些吃的，我想你应该饿了吧。"

阿达拉从冰箱里拿出一块奶酪和一些萨拉米香肠，从橱柜里拿出几片面包，又开了一瓶葡萄酒。随后阿达拉用小刀将奶酪切成一小块一小块的，就着一些香肠尝了一块奶酪。

"嗯……好吃！你也来尝尝。"

艾贝克不明白"饿"是什么意思，但又觉得他要是拒绝的话，可能会显得不太礼貌。看到阿达拉这么热情真挚地邀请，他从桌上拿起葡萄酒瓶的软木塞，直接放进了嘴里，然后开始咀嚼。

"嗯……好吃。"

"你在干吗？！那个东西不能吃的！你这人真的太奇怪了。"

"啊？不好意思，我觉得味道还不错。"

"你总是开玩笑。"

"好吧……"

他们继续聊了很多事情，聊了很久很久。艾贝克好像已经把他心心念念的月亮抛到了脑后，他感觉他已经被他面前的这个女孩迷住了。

从天而降的爆米花

【地球上】

阿达拉看着艾贝克的眼睛，静默不语。她虽然在看着他，但有点心不在焉，似乎在考虑着别的事情。

"你知道我们现在要去做什么吗？我要带你去看电影。"

"你带我去……"

"哎，你相信我吧，你会喜欢那儿的。"

随即，阿达拉一把拉起他的手，从沙发上扯起外套，又搜罗出一件披风，便带着艾贝克出门了，不给他一点儿"反抗"的时间。

电影院距离阿达拉家只有几步之遥。那是一个露天的电影院，但来看电影的人只有零星几个。一定是因为这场奇怪的月食，把所有人都吓到了。在这个有着不寻常的夜色的晚上，他们可以享受到完完全全的一片漆黑。

阿达拉把她的披风铺在地上，把每个边角都仔细地铺平。整理好之后，她向艾贝克鞠了一个躬，同时像侍应生一样挥动着手说："我们的月亮男孩，您请坐。"

艾贝克坐下了，好奇地盯着他面前那块巨大的白色幕布。

"爆米花，好吃的爆米花啊！先生们女士们都过来尝尝啊，你们肯定找不到比这更好吃的爆米花咯，因为我就是这儿唯——个卖爆米花的。爆米花，好吃的爆米花啊……"

阿达拉抬起手对卖爆米花的人喊道："这里，一份大份爆米花，谢谢！"

拿到爆米花以后，阿达拉分给艾贝克一部分。"你也尝尝。"

"我不吃，谢谢。"

"但爆米花很好吃啊。"

"我真的不吃，谢谢。"

"那好吧，既然你不吃的话，我们可以玩一个以前我和我爸爸经常玩的游戏：当这些爆米花冷了以后，它们就会变得很硬。我们会抓一把变硬的爆米花，就像这样。然后我们会在不远处放一个盒子，再把爆米花一个一个地抛进去。我妈妈总是会很生气，因为每到最后盒子的周围都会落满爆米花。但爸爸却说它们不再是爆米花了，而是一颗一颗的小星星。他说：'你看呀……那些都是一个个白色的小点，就跟天空中那些白色的小点一模一样。'而我会回答我爸爸说，天空上那些白色的小点不是星星，而是满天的爆米花。那些爆米花是别的星球的人们看到我们在这里玩的游戏以后丢下来的。

"我从小就一直坚信天空上布满的都是爆米花，坚信那天空上有人在看着我们。我感觉到他们在默默地关照着地上的我们。"

"就是这样的。"艾贝克低声说道。

"什么？"

"没什么……你知道吗？我和我爸爸以前也会玩一个游戏：当我们完成点亮月亮的工作以后，我们会检查我们各自的靴子里掉进了多少颗光粒。我知道，那是一件很无趣的事情。但是在所有我和爸爸一起做过的了不起的事情中，在所有我和他一起欣赏过的美景中，那是我心中最温暖的回忆之一。"

"重要的不是你们当时做了多么不同寻常的事情，而是这件事在你记忆中留下了多么深刻的意义。"说这话时，阿达拉眼中闪着星光。

　　"是的，你说得对。"艾贝克说。

　　"啊，你看吧，今天是我教了你一些事情，月亮男孩。"

　　他们面前的白色幕布上开始出现一些彩色的画面，还有一些声音开始源源不断地从幕布旁不知道叫作什么的东西中传出来。艾贝克感到非常震惊。没一会儿，幕布上出现了一行字："在银河边的爱恋"。阿达拉说那是电影的名字。这部电影讲述的是一个在太空中发生的英雄的故事，以及这位英雄对一个女人的迷恋与爱。画面一幕一幕地放映着，电影主角行走在月亮上，就像是漂浮在水面上一样。

　　"这不是真的，事实不是这样的。在月亮上

走路确实会更加轻盈，但我们也是像你们一样正常地走路，肯定不是像他这样，像鹅一样在水面上浮动。"

"你在这里等着，我马上回来。"阿达拉离开一会儿，去买了一些饮料回来。

你们也知道的，吃爆米花总是那么容易让人口渴，我们每次吃过以后总需要往肚子里灌很多水。

电影幕布前的空地渐渐空旷了起来。那些看过电影后的人好像都获得了解放似的，迫不及待地走回了家。

"我得跟你谈谈。"

艾贝克的身体忽然一缩，他被吓到了。他不认识这个把手放在他肩膀上的男孩。这个男孩就站在艾贝克身后，好像一直在等待着他和阿达拉分开的那一刻。

"为什么你会和她在这里？我从你们俩一块儿从她家出来时就一直跟着你们。我本来想带她一起出来的。你现在在这里干吗？你离开她吧，我和她才是有共同理想的人。"这个男孩的声音听起来特别痛苦，仿佛是在向谁诉说着自己的难过，根本没起到威胁的作用。

艾贝克试图理解这个男孩所说的话的含义。阿达拉从来没有和他说起过这个人，他也从来没有遇到过这个人。

"我不知道你在说什么，你是谁？"

"我是阿达拉的男朋友。"

"'男朋友'是什么意思？我不懂你在说什么，我不理解。"艾贝克此时很焦急。

"你应该离开她。你们才刚刚认识，你一定是一时兴起才想要跟她在一起的。但我爱她，我不允许任何人把她从我身边带走。你明白吗？我真的很爱她。"他说着说着，眼泪几乎要从眼眶里涌出来了。

"你在这里干什么？你离他远点！"阿达拉回来了，眼里满是怒火。

"我什么也没跟他说，他现在算是怎么一回事？他是谁？为什么他要介入我们俩的感情？"

"你不准再接近我，也不准接近他。我不想再见到你。"

"阿达拉，我求你了。你在说什么呢？我们不能就这么结束了。为什么你现在这么讨厌我？"

"你就不应该来这儿，我不知道你来这里是想要得到什么。"阿达拉看起来更加气愤了。

艾贝克依旧听不懂他们的对话，他更是不明白为什么那个男孩会那么生他的气。

"阿达拉，你别这样。"那个男孩几乎是哀求着对阿达拉说。

"你跟我过来。艾贝克，抱歉，你先待在这里，我待会儿再来找你。"

阿达拉跟那个男孩走开了，他们从路的另一旁拐进一条巷子里，消失在了艾贝克的视线中。

无人能够毁灭天空

【地球上】

　　艾贝克一直在原地等待着，他不断地想：那个男孩到底想从他这儿得到什么？为什么他说他想带走阿达拉？

　　艾贝克感觉时间过去了很久，他也不知道自己在那儿究竟等待了多长时间。随着电影落幕，那片草地上的人们逐渐疏散了，到最后只剩下艾贝克一个人还站在那里。他感到很孤独，他再一次觉得自己被抛弃了。

他收起草地上的披风，以及剩下的所有东西，然后朝着阿达拉家的方向走去，因为那是他唯一知道的地方。他低垂着头，一步又一步地向前走着，他失去了再次抬头仰望天空的勇气。他原以为没有任何人可以毁灭天空，但是现在的天空，让他觉得它一点也不完整了。他觉得自己违背了他对爸爸许下的诺言，辜负了所有那些他承诺过要守护的梦。

我不配再待在那个月球上，我搞砸了一切，我做得太过了。我那时就应该按照爸爸叮嘱我的那样，不要试图越过月亮的背面。为什么我要去那边冒险？也许月亮的另一面会永远保持黑暗是存在某种原因的。我这该死的好奇心，我总是想着要去做一些了不起的事情，但最后我只是把一切都搞砸了。也许我被星星们驱逐了，而这里就是我的流放地。这是对我最大的惩罚。

他走到了阿达拉家，坐在门口的台阶上。他从头到尾都没有抬起过头。他一直把头向下垂着，仿佛这样做可以补偿一些他的过错。

他觉得自己已经受到了天空的惩罚，他将要被永远抛弃在这里了。

"对不起，艾贝克。那是我的前男友。到现在他还没有接受我们分手的事实。我希望这次他能够认清现实，不要再来找我了。不过话说回来，你在这里待了多久？"

艾贝克没有回答，他还是低着头。

"哎呀，你别这样，我跟你道歉了呀。我们上楼回家吧。"

衣橱

【 地球上 】

他想寻找那种如同地狱般的黑暗，在那样的黑暗中，任何人都看不见他，更不会找到他。他想重新找回夜空的美丽。

艾贝克说，他想要那种什么也看不见的黑暗。然而在那样的漆黑中，他将会再次将自己迷失，如此一来他永远都不会知道如何才能回到原来的地方。

艾贝克觉得好像有人把通往天空的路阻断了，

他怕自己会永远被困在这个地方。他仿佛感应到了月亮虚弱的气息，感应到她的挣扎和扭曲，就好像她也在恐惧，也在害怕会永远失去她的光芒。

艾贝克需要把自己隐藏起来，他要重新回到那轮神圣的弯月上去，尽管现在那轮月亮已经不再悬挂在天空中。

"你告诉我一个没有任何光亮的地方吧。现在，我的眼睛特别疲惫，整个身子像是要散架了似的。阿达拉，我跟你说一些关于我的事情：我属于无垠的宇宙，那里群星闪耀，宁静且有秩序。我需要回到我原来的那个世界。这里的一切都让我难以适应，他们浑身都被'冷漠'紧紧包裹着，四周还弥漫着一股叫作'孤独'的气息。难道你没有看到我们周围有多少恐惧的灵魂吗？阿达拉，让我待在一个可以不再听到这些痛苦的呼声的地方吧。阿达拉，这里的一切都被太多的颜色入侵了，这些混乱的颜色好像是要将那些疯狂的人的大脑塞得满满的。我是在一片美好纯净的天空下长大的，我受着它的滋养，我的生活中一直有闪亮活泼的星星相伴，尽管有时天空会一片漆黑，星星也会熄灭它们的光芒，但每当我与它们在一起时，我的内心总是被宁静与幸福充溢着。我真的好希望自己能够逮住一朵在低处飘过的云，然后乘上它安然无恙地离开这个地方。阿达拉，告诉我你家里最昏暗的地方在哪里，好吗？我感觉自己就快要疯掉了。"

阿达拉觉得艾贝克真的疯了，她打开衣橱的门，对他说："进去吧，在这里面你看不到任何人，也感受不到一丝风的气息。"

他试着寻找所有无形的东西，星星散发的亮光、通往天空的古老的入口……他在寻找一切与他面前这黑漆漆的四壁距离遥远的存在。在这个衣柜里，他终于不需要闭上眼睛就可以处在一片完全的黑暗中。他向他爸爸询问自己在哪里，希望爸爸能告诉他一些可能可以让他回到原来那个地方的方法。

他听到一个声音："我的好孩子，当你内心真真正正想回去时，你就可以回到我们那个秘密之地了。你和阿达拉的相遇是你们命中注定的。你是在远方游荡的其中一半，而她是不知道你的存在的另一半。对你们而言，这次相遇是难以预料的，但是这次意外的相遇却使我们的使命的传承成了必然。时机很快就会到来，那时你会强烈地希望离开地球，回到一切开始的地方，重新肩负起宇宙的使命。艾贝克，你必须要等待，不久以后你将会知道这一切变化的所有原因。"

艾贝克把手放在头上，脸上露出了笑容。他感到心中透过一阵明朗。

"阿达拉，来吧，向我展示你的世界。"

九天

【地球上】

大街上空无一人，整片天空像被一层黑色的斗篷覆盖住了。阿达拉和艾贝克走遍了大街小巷里的每一个角落，仿佛要用脚去丈量这个城市。在这黑色的夜幕之下，他们仿佛两朵颜色最鲜艳的小花。

九天，

九天，

只需要九天。

九天，

九天，

只需要九天。

一个男人在马路中央，一边唱着，一边自顾自地跳着舞，像是要把街道旁的居民都从梦中叫醒。

他一看到阿达拉，即刻就朝她走近过去："你只需要等待九天，然后一切都会结束。"

阿达拉受到了惊吓，边后退边说着："你在说什么？我不明白你在说什么。"

"没有任何人愿意停下来仰望天空，所有人都只专注于他们觉得他们应该去的方向。他降落在这里，并不是出于偶然。只要九天，夜晚将不再如此漆黑。"

"你怎么知道我是降落到这里的？"艾贝克一下子打断了这个神秘的男人的话。

"我就是知道，但没人相信我阿哈努。好孩子，爱情是上天的馈赠，不要把它抛开。慢慢地你会理解什么是爱情。但是记住，永远都不要尝试去控制它，爱情是我们无法掌控的。"

"你到底是怎么知道这些的？如果你知道我是从哪里来的，那你能不能告诉我，我应该怎么回到那上面去？我请求你帮帮我好吗？"

"你不必着急，你不要被这个世界里的焦躁情绪冲昏了头。你应该尝试找回你内心的宁静，耐心等待吧。"

"这是什么意思？我需要等待什么？"

"在那个能够使你平静下来的黑暗空间中，你会找到你想要的光芒。"

"你在说什么？能不能再说得明白一点？我不

理解。"

这个神秘的男人没有回答艾贝克，他转向了阿达拉。

"阿达拉，你不要再让心里的自己做无畏的挣扎了，听从你内心的声音吧，只有这样，你才会获得真正的自由。"

说罢，这个叫阿哈努的男人便走远了，没有留下任何别的信息。

你们看，这就是电影里那些典型的神秘人物，他总是会出其不意地抛出真相，但是又一句话也不解释，就这样消失在众人的视线中！

"他是谁？"艾贝克问阿达拉。

"我不知道，可能是个疯子。"

"你平时也是这样叫我的。"

他们继续向前走着，两人肩并着肩，彼此都没有再开口说话。但是他们内心都止不住地回想着他们刚刚听到的那些莫名其妙的话。

阿达拉抬起头向上望去，觉得她好像又看到了那片群星闪烁的天空，又感觉宇宙似乎已经停止了对她的凝视。

"艾贝克，你知道吗？我不应该跟你说这些的。我不是非常善于说话，而你看起来像是通晓每一件事的真理一样。我不知该如何对你说这些……对失败的恐惧让我封闭了自己的内心，它就像一块沉甸甸的石头一样，一直堵在我的心口，我移不动它。过往那些痛苦的经历让我以为，我只能永远生活在一片灰蒙蒙的阴影中，困顿在寒风凛冽的冬夜里。但是你让我看到，你看待世界、探索世界的方式是如此充满活力，你以你独特而新奇的方式了解着一切。

"你让我感觉自己像是山峰顶上的一座高高的塔，高得仿佛随时可以触碰到天空；又感觉自己像是天空上的一朵轻柔的云，轻柔得可以一路伴着鸟儿乘风飞行。也许你会感觉我说这些话很愚蠢，但这就是我所感受到的，这是一种像春天一样的感觉。"

阿达拉牵起艾贝克的手。在那一瞬间，他们周围所有的路灯都开始闪烁——好像路灯们都在营造一种氛围，来烘托这神圣的一刻。

在艾贝克看来，这一切都发生得自然无比。

"阿达拉，我觉得我是一个理智的人，我也总是可以很好地表达出我的想法，但是现在我却找不出合适的词来描述我对你的感觉。确实，我非常了解我的月亮，我曾帮助她展现耀眼的光芒。但是你，你就像一个可以容纳我和千千万万个世界的摇篮那样博大，你使我原本迫切渴望回家的心情在悄然间发生了改变，认识你以后，我领会到了另一种美。那种美不同于宇宙中的美景，不同于我的月亮，你的光芒甚至都值得星星们膜拜、学习。

"握紧我的手，阿达拉。做你想做的。"

闭上双眼

【地球上】

阿达拉慢慢向他靠近。

艾贝克看起来很冷，皮肤白得像珍珠一样，他不知道阿达拉想要做什么，不知道为什么她要离自己的头越来越近。他感觉到阿达拉在慢慢地靠近他的嘴唇。

他也不明白为什么阿达拉要闭着眼睛，好像不敢看他似的。

艾贝克希望自己可以立马知道阿达拉在想些什么。一种逃离的想法从他脑中闪过，他感觉整个身体像是被一阵电流穿过，浑身被激起了无数的鸡皮疙瘩。他不懂为什么阿达拉要这样紧紧地贴近他。

阿达拉感觉两只耳朵都在嗡嗡作响，整个人像是被置于一个不断流动的漩涡中漂浮着，围绕在她身边的一切仿佛都被扭曲了。

艾贝克低着头，好似阿达拉的吻是来自黑暗的邀约。他感觉自己的心又被添上了一块沉甸甸的巨石，感觉自己好像濒临死亡了。他的心脏好像是迫不及待地想马上探出头来看看外面的世界，一直"扑通、扑通"地撞击着他的胸腔。

他的嘴唇紧闭着，轻轻地碰上了阿达拉的唇。

阿达拉不知道要对艾贝克说些什么，她仿佛感觉到一阵让她飘飘然、几乎快要飞上天际的呼吸，又似乎感觉到一片快要把她淹没了的海洋。终于，她感觉到一股让她得以从海洋中漂浮起来的氧气。

艾贝克没有说什么话，他只是感到眩晕。

他抚摸着阿达拉的颈部，感觉像是触摸到了整片天空。此时此刻，阿达拉就犹如一束五彩缤纷的阳光。他问阿达拉他应该怎么做。

"吻我。我不知道你到底是谁，不知道你说的那些关于月亮的故事有多少是真实的，也不知道你是不是真的那样单纯、天真。但是这一刻，我想丢下所有顾虑，只和你拥吻。吻我吧，让我迷失在你的吻里。"

艾贝克感觉自己像是终于拨开了层层的云雾一般，豁然领悟了。心中那常常使他万般踌躇的喜悦，犹如被点燃的烟火，闪耀地绽放在艾贝克的心中。他对阿达拉说："我知道了。我是为你而来的，而这个吻将会是我的一个新的使命，它是如此强烈地吸引并召唤着我。阿达拉，我们都将变成透明的存在，我想带你去到一个陌生的地方，在那里，时间不会流逝，也不会有人看得见我们，那里只有我们两个人。"

他们的嘴唇慢慢靠近、相触、试探，然后缠绵，就像是两撮炽热的火苗在互相依偎、交缠着。

在那一瞬间，他们的灵魂仿佛融为一体，拥有同样的呼吸。天空中，那轮已经黯淡多时以至于都快让人们打消期望的月亮，突然间像一道闪电般亮了起来，那一道亮光，不只点亮了整个蓝色星球，还驱散了宇宙中所有的阴影。天际间所有的一切在那一瞬间都被巨细无遗地照亮了。

一分为二

【地球上】

在这一瞬间永恒的幸福的画面中，阿达拉和艾贝克俩人并肩依偎着，亲密无间。

"这也许便是爱情吧。"艾贝克想，"它让我觉得自己仿佛拥有了全能的力量，但又使我感到害怕，我在这两种感觉中失去了平衡。当我觉得自己浑身充满力量时，仿佛只要我想，我就可以一跃而

我们每一次的追赶，都让我们

加快速度远离无尽的自然本质。

起，直直跃到我的月亮上去。但我一想到我将会失去阿达拉，我又感觉我的心像是要被碎成两瓣，痛苦至极。我不敢去想这些。如果我再也没有机会亲吻她的双唇，我宁愿我永远失明，这样就可以让我永远地处在黑暗中，如此一来，阿达拉将会成为我脑海中唯一珍藏的画面，而除此之外我再也不会有别的回忆了。我想让她将她亲吻过的留着她唇印的信物赠予我，这样我便能将那唇印永恒地藏在海底。我还想制作一副坚不可摧的盔甲来保护她，这样将不再会有其他人能接近我的宝贝。这也许就是爱情？它使我的世界失去平衡，使我由衷地自愿将一切献予她，使我像一个疯子一样狂热。它还使我不断去拷问自己心底的最深处：难道这就是爱情吗？"

"艾贝克，你刚才对我做了什么？"阿达拉

的脑中响起一个声音，"你在我身上施了什么迷幻之术？我自以为了解爱情，了解这个男孩。但我现在又拥有什么呢？为什么我感觉自己如此困惑？我想从对你的着迷中挣脱出来，远远地逃离，但我做不到。就好像是眼前有一百只手，将我紧紧地扯向你面前，撞上你的胸膛，而我竟然完全无法操控自己。现在，我就待在你身前，无言地与你对视着。为什么我会对你有如此强烈的感情？艾贝克，不要再让我回到过去的孤独中，我再也忍受不了那种痛苦了，曾经那种痛苦贪婪得如饕餮般，已经将我生活中的一切快乐吮吸殆尽，你的到来却让我再一次感受到生命的希望与活力。请不要背叛我对你的坚定信任，不要让我丢失我最后那一份真诚。艾贝克，你对我做了什么？我总觉得我跟你好像是一见如故、久别重逢，而这次相遇是我生命中最特别的一次机遇，让我感到好像有某种特别的使命降落在

我身上。我不知道我们被安排在这片云朵上是不是
我们的'命中注定'，又或者只是星星们戏弄人的
游戏，但现在在这儿我只感觉到一切都非常完美，
仿佛这个世界是特意为我们两个人筑成的。"

　　艾贝克说："我不知道我现在怀着一种怎样的
心情，我仿佛找不到任何一个足以描绘它的词语。
虽然我来到这里一无所有，但我还是想把我所拥有
的一切都赠予你。

　　"我把我的月亮赠予你，阿达拉，这是我唯一
拥有的东西。

　　"但是我必须回到月亮上去，我必须离开，
我不能把满是尘埃的、灰扑扑的月亮赠送给你，
我想要把她的光芒也赠予你。我向我爸爸承诺过，
要让月亮一直保持她最美丽的光芒，这是我一生
的使命。"

"你对我说的第一件事就是你必须离开？你对我说的第一件事就是一个谎言？我累了，艾贝克，我不愿再相信我还能够爱上别人了，我已经筋疲力尽。艾贝克，你也停止你的这些关于月亮的荒唐故事吧，它已经不再让我觉得有趣了，我不知道你为什么一直要假装你来自另一个世界。难道你觉得自欺欺人能够帮你掩饰你孑然一身且孤独地生活着的事实吗？我现在明白为什么了……因为你就是个骗子，是个混蛋，就像所有人一样，就像那个表面看起来完美无比的男人，实际上他就是个金玉其外，败絮其中的伪君子。你知道吗？我差一点儿就喜欢上你了，差一点儿就相信了你说的那些童话。你让我觉得你是如此认真、专注、纯粹。那些我知道的事情，我觉得我都已经和你一起重新探索过了，就如同我重新再经历了一次一样。我本以为自己可以再次感到生活的充实，可以慢慢地把父母去世之后

166

在心中留下的那一片虚无填得满满的。

　　"我不想再多说什么了，你也不必再跟我说什么理由或是什么借口，说什么你想但是你却不能。我走了，你知道我……算了，没什么。再见，艾贝克，不要再来找我。"

无言

【 地球上 】

　　艾贝克说不出一句话来，他的嘴像是被人用针缝上了似的无法张开，双脚犹如被人用密度极高的铅灌满了，从来不曾这么沉重过。

　　他坐在地上，依旧呆呆地留在原地。他再一次感觉自己迷失了，仿佛整个世界只剩下他与阿达拉之间那遥远的距离。

准确的语言

【地球上】

超市里挤满了人，这场奇怪的自然现象造成了一片恐慌，使人们都变得疯狂。货架上的商品几乎都被一扫而空，每个人都在想方设法地囤积食物和生活用品，甚至连梳子这种非消耗型商品也都被大家一股脑儿地搜罗回家里囤起来。

一切都被卖空了，除了泡菜，这我非常肯定以及确定！

有人危言耸听地猜测说，这似乎是世界末日的预兆。

艾贝克在距离超市不远的地方等待阿达拉。她会途经这里来上今日的晚班。他脑中思绪万千，计划着用最准确的语言来表述他的心中所想，好让阿达拉能够理解自己。

他看到阿达拉走过来了，但那一瞬间他觉得自己的肢体好像石化了一般僵硬无比，他只能用一丝丝细微的声音说出一句："阿达拉。"

但阿达拉从他身旁径直走了过去，甚至都没有看他一眼，好像她正被一条轨道给牵引着。就这样，内心一片混乱的她消失在了艾贝克的视线里。

艾贝克还站在原地，一动不动。他会一直在那里等她。

当阿达拉下班后，她看到艾贝克仍然站在那里，就在那个她离他而去的位置，像士兵一样站着，不曾移动半步。她又一次从他身边走过，没有说一句话。她经过艾贝克时，离他如此之近，似乎差一点儿就会触碰到他。

对艾贝克来说，他觉得阿达拉经过时那阵从他身边一带而过的微风，就好像是阿达拉对他的触碰一样。

他依旧会站在原地继续等待。

第二天他们还是发生了一模一样的相遇，画面就像是前一天的复刻，原封不动，就好像是时间自己发生了重叠一般。艾贝克像一座铜像一样伫立在那里，只不过这座铜像的内心充满了期望。

第三天，那个地方已经没有艾贝克的身影了。

阿达拉的目光环绕了一下四周，她想艾贝克也许是站在了不远处某个恰好她看不到的角落里。

但她还是没有看到艾贝克，这使她的心瞬间一落千丈。

不知怎么的，她的脚步又开始变得沉重起来。她将双手交叉着放在胸口前。

我真傻，都怪我自己，都怪我的胆怯。我本应该紧紧握住他的手，恳求他留下来，然而我的嘴巴却像是被灌了泥浆一般，说不出话来。我真傻，在那次拥吻以后，我本应该让他变成一个小小的人，这样我就可以把他捧在手心里，然后对他低声诉说我的温柔。他的温暖让我觉得自己好像长出了一双翅膀。我真傻，我再也闻不到那花开遍野的芬芳了，再也看不到那片蓬松得如棉花糖一般的白色云朵了。

"艾贝克，你在这里干什么？"

艾贝克站在阿达拉的家门前，穿着一件写着大大的"月亮"两个字的T恤，画面看起来十分滑稽。阿达拉突然一下就笑了出来。

"你在哪里弄的这件衣服？你真的是一个疯子。"

"阿达拉，我就是从这里来的。"艾贝克一边说着，一边指着衣服上的字样。

"如果你不想要我这样说，我也可以假装我不是来自这里，而是从一开始就用谎言来回答你。我可以每天都穿着这件衣服来提醒你我来自哪里。我爸爸跟我说我应该……你等一下。"

艾贝克快速地脱下他右脚的靴子，把靴子翻转过来，并且用手拍打鞋跟。

"你在干吗？"

"你把手放到靴子下面。"

靴子里掉出了三颗特别微小的光粒，它们还在不停地眨着眼睛闪烁着。阿达拉觉得这就像是那些特别小但又十分闪耀的星星从天空中一跃而下，跑到了她手中。光粒的周围都被一圈白色的光芒环绕包裹着。

"如果你会飞的话，我想带你飞上天去，飞到我的月亮上。我会把我的月亮打扮得漂漂亮亮，然后赠送给你。你在这个蓝色星球上指引着我，还教会了我如何去爱，我再也不能失去你了，阿达拉。

"吻我吧，阿达拉。带我去体验风的轻柔，感受在天空中翱翔的自由。吻我吧，让我们把那些不好的记忆都遗忘掉。"

"带我飞上去，艾贝克。"

阿达拉慢慢地向他靠近，浑身像火焰一般灼热，他们的嘴唇再次交融在一起。此时，连天空也变换了颜色。

甜蜜的小窝

【地球上】

在阿达拉家中，没有任何其他东西离艾贝克更近了。他们在一片黑暗中紧紧相拥。

他们就像是梦游者一样，闭着双眼触摸着彼此，从指尖一直游走到每一寸皮肤。他们的肤色在黑暗的映射下变得更加白皙，好像两个人正被洁白的婚纱覆盖着。

他们谁都不会想要走到外面去，也不用再考虑重新将门打开，他们仿佛就这样永远地留在这个充满甜蜜气息的小窝里了。

艾贝克正在探寻这个人世间最完美的东西到底是什么。

阿达拉握着艾贝克的手，就好像他是那个唯一契合她心意的胸针。他们的双唇紧紧贴合着，他们的吻是如此缱绻，仿佛连一丝空气都不能从他们的双唇间流过。艾贝克的嘴唇慢慢向下滑去，好像要在她洁白皮肤上的每一寸都刻下他的吻痕，留下专属于他的记号。

阿达拉抱紧他，在他耳边低语："我们已经融为一体了，让我融入你的手中，让我与你的身体共振，让我们共同变成一片海浪。"

她轻喊着艾贝克的名字，让他不要害怕，因为爱不会伤害任何人。

艾贝克感觉自己像要裂开了一样，就好像他

身体内的一切都错位了，它们全部都集中到一个地方，仿佛随时准备着爆炸。

他弓着背，感觉好像有一股不知从何处吹来的风，正携着他们的身体向上漂浮，在整个世界里游荡。

美丽的阿达拉像是让整片大地都焕发了生机，而春天正悄悄地从睡梦中醒来。

艾贝克觉得再没有什么东西比这更美妙的了，这一帧神圣的画面使他遗忘了所有的记忆。他极尽轻柔地抚摸着阿达拉的皮肤，生怕伤害了这如雪如玉的身体。这真是一件极美的艺术品。

他们都期待着迎来一个世界上最漂亮的孩子。

圆圆的肚子

【地球上】

　　阿达拉腹部的皮肤慢慢舒展开来，在她美丽的皮肤下，正悄然孕育着一个神奇的生命、一粒被赋予美丽梦想的种子。阿达拉知道，她肚子里这个意料之外的存在使她的生命变得奇特，上天赋予了她这份神圣的使命，让她得以拥有了永恒的幸福。

　　她感觉到她身体内正在发生某些变化，她怀着的这个小生命正在茁壮且安稳地长大。

阿达拉的肚子一天一天地变得更圆、更大，她的美丽也变得更加让人难以忘怀。每一个见到阿达拉走路的人，都被她步履翩跹的行走姿态吸引住了。她好像卸掉了浑身的重量，摇身一变成了树叶的精灵，轻盈地飘转在天地间。

她的心中充满了如宝石般闪烁的喜悦。

艾贝克问阿达拉："你可以形容一下你现在的感觉吗？"

"我现在所拥有的幸福，大概就是我的表情已经不足以表达我内心的喜悦，我的言语也已经不足以诉说我感受到的快乐。艾贝克，我感觉自己非常富有，好像整个宇宙都容纳在我心中。"

他们在家中创造了一个温暖而美丽的小世界。在这里，他们没有对外界的期待，也没有来自这个小房间之外的任何烦忧；在这里，他们只是甜蜜而幸福地等待着新生命的到来。

艾贝克陪伴在阿达拉身旁，温柔地听她说话，时不时轻柔地抚摸她。他觉得自己将会给宇宙带来一颗无比美丽又闪亮至极的小星星。

阿达拉肚中的孩子以令人惊奇的速度飞快地成长起来，仅仅过了九天，她的腹部就已经变得又圆又大了。

这确实不是我们一般人类的正常孕育周期。

艾贝克双手环抱着阿达拉，检查她的体温是否有明显的变化。

"如果有人叫我们的话，不要回应，我们现在正处于一个新世界的边缘。很快我们将会拥有一种全新的语言。阿达拉，相信我，我们即将创造出下一个月亮王国，我们正向着一个迷人的地方走去。"

艾贝克知道，他即将迎来他人生中最美好的一刻。

　　阿达拉张开双腿，然后又紧紧闭住。她感受到体内有一股强烈的推力，但同时又似乎有一股巨大的力量在阻挡着。她与艾贝克目光交汇，眼神中诉说着求助。

　　忽然，一阵冲击向她袭来。孩子诞生了，是一个男孩儿。

返回月球

【地球上】

　　"现在我终于明白一切了，我只需要看着我们孩子的眼睛，就知道这一切为什么会发生了。我降落到这里，是因为上天安排我到这里来与你一起迎接这个小生命。就连我爸爸也不知道什么是'幸福'，他只是在月球上用几百万个小时来观望那无边无际的太空，他也只是告诉过我他自己在月球上的故事，因为他对其他的世界一无所知。不对，阿达拉，就像我们拥有的我们的孩子一样，我曾经也是我的爸爸和我的妈妈用爱孕育而成的孩子。现在我觉得自己充满了对未来的期望，我想给我们的孩子当一个好爸爸，用爱来灌溉、滋养他，在他身边看着他一点一滴地成长，看着他从蹒跚学步到健步如飞，聪明机灵得像一只小狐狸。阿达拉，我们的孩子必须知道，他爸爸除看着他快乐地长大以外，别无他求。我的这颗心只想永远地与我的家人依靠在一起。我得想一想我们以后的生活，在那浩瀚的宇宙中一定存在着另一个可以把月亮点亮的人，而我们的这个小家，将会是我永恒的归宿。"

艾贝克一面说着话，一面双手交叉，仿佛自己也在质疑自己的话是否理智。为了避免漏掉任何一个词，他总是一口气把所有的话都说完。

艾贝克和阿达拉的孩子有着跟爸爸一模一样的眼睛，仿佛是被复刻出来的一般。在孩子小小的摇篮周围，挂着一些小天使，天花板上也贴上了许多像星星一般的彩色卡纸，而小宝贝在被窝里缩成一团，小小的，就像一小束花儿。

　　"艾贝克，当我看着我们的孩子时，我就会想到你说的那些事情。我多希望我们能够永远像现在这样，但每当我忍不住想到我们最终的命运时，我的内心又会被痛苦填满，不留一点点空隙。艾贝克，我们现在经历着的一切正随着时间的流逝成为过去，很快这一切又将全部改变。每当我想到我们分离以后的画面，我就不由得感到害怕。当这里又变回那个空空荡荡的房间时，我会害怕听到任何一丝细碎的声响，但我知道，这终将是无法避免的。我曾经多么渴望有一个自己的孩子，我想用尽自己所有的细心与温柔来抚养他长大，用爱来浇灌他。我时常幻想着，我的生活将会被照料孩子的各种琐事填得满满的，而孩子的笑声和温柔的眼神将会充满我的生活，我会与他亲密地拥抱，相互依偎着，同他再走一次成长的路。但我从没想过这美好的时光只会持续这么短暂的时间，更没想过我的孩子很快就要离开我的身边。

"亲爱的，我比你更加清楚上天的安排。我们的相遇是为了延续月亮守护者的使命，是为了在我们之后仍有下一代人可以继承，而我们的故事将会是一个历史的循环。艾贝克，我知道，我们的相遇与分离都是必然。我们的孩子虽然还没有长大，但是你们拥有同一个使命。你不要认为点亮月亮只是你的使命，现在这项工作也是我们的孩子的使命。我们在地球和月亮之间创造了另一座桥梁，而我们的爱也使我们的生命得以延续。你应该带着我们的孩子一起，回到你的使命中。你要严格但又不失温柔地教育他，陪伴他一起学习、长大和玩耍。你要把你所有的技艺都传授给他，让他也被整个宇宙认识并接纳，等你老了之后，他就是你使命的继承者。而他也应该平静地走向他的未来。艾贝克，你要教会他像你一样拥有那样天真纯粹的魅力。我多么想让你留下，但我知道你必须带着我们的孩子一起回去。我很确定，他一定会成为一个非常出色的月亮守护者。"

"阿达拉，我的内心无比挣扎。你才刚刚实现了你的梦想，成为一个妈妈，如果我现在就抛下你回去，你该怎么办呢？"

"艾贝克，我的梦想现在已经不那么重要了，当我们的孩子阿米尔在我的肚子里长大时，我就已经看到了那片布满月光和星光的天空，它就在我的眼前，一切都组合得那么完美。而在那月亮上的，还有你们，我看到你和阿米尔大手牵小手地站在一起，我甚至觉得你们比太阳还要耀眼。"

"我知道返回月球是必须的，现在地球也正在经受着由于我的疏忽造成的后果，可是要让我放下对你的爱离你而去，我真的无法做到。阿达拉，我不知道我是否有带着阿米尔离开的勇气，也许对于我们每个人来说，这趟回到月球的返程都让人难以接受。而现在的我，又辜负了我的使命，辜负了我爸爸和我爷爷，还有所有在我之前的前辈。我的阿达拉，你来帮我决定吧，我真的没办法做伤害你的事情。"

"艾贝克，你过来，把手给我。相信我，你的内心将会重新找回属于你的宁静。你和阿米尔一起，我想看着你们，把这幅画面刻在我的脑海里，这也将变成我唯一的重要的回忆。"

突然，他们面前迸发出一道火光，掀起一股热浪。周围白色的尘埃飞扬。好像艾贝克和阿米尔只需要一跃，就可以踏上返回月球的通道。

这个晚上，月亮将会重新发出光芒。

"月亮正在恢复光芒，她似乎又被点亮了！"电视台记者惊奇地望着天空，似乎不敢相信他看到的是真的。

在电视台的新闻工作室里，所有人都竞相报道着这个令人振奋的好消息。有人开心得拍手、拥抱，也有人激动得掉下了眼泪。

在那月亮上

【月球上】

数年过去，月亮再也没有过黯淡无光的时刻，相反，她的光芒变得令人炫目。艾贝克和阿米尔带着对自身使命的忠诚，数年如一日地守护着月亮，那明亮的光粒就像是电子，而月球的表面则像是被人点亮了的巨大的水晶球。阿米尔已经从父亲那里学会了所有技艺，成了一个合格的月亮守护者，但现在他心里充满了对未来的疑惑。"以后会发生什么？谁会来继续我们的使命呢？我们是如何到这个如童话王国般的月亮上来的？"

"你看，孩子，在我这一生的旅程里，我经历过很多意想不到的探索。我在你这样的年纪时，也和你一样对寻找答案充满了渴望，那时的我想给我的每一个行动都找到一个确切的理由。我还想探索整个宇宙的意义。但是后来我领悟了生活的矛盾。阿米尔，你越试图掌控生活中的各种事物，你就越会感到生活的困难。但是当你任由事情顺其自然地发展时，对于应该如何生活你反而会感到更加得心应手。

"未来就应该如爱人的目光，不用你等待与寻找，爱自然会来到你身边。

"曾几何时我以为月亮把我永远地抛弃了，但爱使我重新回到了这里。就像曾经我爸爸把月亮托付给我那样，现在我把守护月亮的使命交到你的手中，希望你能够全心全意地对待她。

"当你遇到困难时，要相信你的好奇心会带领你解决所有难题，你必须带着勇气面对所有的一切。曾经，在我以为天空已经被毁灭了的时候，我却遇到了这世界上最美丽的存在。再见了，我的孩子。答应我，你会把月亮照顾好。"

"爸爸，你放心，我一定会让你以我为傲。"

回到地球上的生活

【 地球上 】

就像一个圆满又完整的圈一样，它的起点与终点会在同一点会合，这是永恒轮回的守则。艾贝克在完成了他的使命以后，终于可以回到那个蓝色的星球，因为命运注定如此。当每一位月亮守护者确保了宇宙中的一切秩序不会被打乱，而月亮的光芒会永远在天空中闪耀的时候，他们也就完成了自身的使命。这时他们就可以回到他们曾经承诺过的人的身边，回到那个孕育了下一任月亮守护者的人的身旁。

结语

【地球上】

　　"它们是天使的吻。"努尔的爸爸用手指在女儿脸上的白斑上勾画着，"就像在艾贝克和阿达拉的童话里那样，艾贝克是月亮的守护者，而阿达拉是掌控天空秩序的使者。你知道吗？我可爱的女儿，阿达拉的脸上也有这些'天使的吻'。"

【月球上】

　　月亮又经历了几千次的满月，阿米尔已经准备好了一切。他将会继续着使命的循环，重复他爸爸经历过的一切，就如同几百万年前已经发生过的故事一样。

　　阿米尔和努尔还互不相识，但是他们在冥冥之中已经进入了宇宙的轮回，他们很快将会经历这场由上帝安排好的邂逅。

作者的话

想象力能够帮助我们更好地理解我们存在的意义，因此，我想象了这个故事。

书中人物名字的含义

阿米尔：王子、指挥者

阿达拉：圣母玛利亚

艾贝克：月亮的主人

阿哈努：大笑的人

穆尼拉：播撒光芒的人

奈伊玛：过着甜蜜的生活的人

努　尔：光

不用你等待与寻找，爱自然会

来到你身边。